ÉCOUTE LA PLUIE TOMBER

Olivia Ruiz est autrice, compositrice et interprète. D'origine espagnole, elle a grandi à Marseillette. Trois de ses grands-parents ont fui la guerre civile mais n'en ont jamais parlé. De ce silence est né son premier roman, *La Commode aux tiroirs de couleurs*, qui a conquis plus d'un demi-million de lecteurs et a été adapté en bande dessinée.

Paru au Livre de Poche :

LA COMMODE AUX TIROIRS DE COULEURS

OLIVIA RUIZ

Écoute la pluie tomber

ROMAN

JC LATTÈS

Contenus pédagogiques à l'intention des enseignants
disponibles sur livredepoche.com

© Olivia Ruiz, 2022.
© JC Lattès, 2022.
ISBN : 978-2-253-24444-8 – 1re publication LGF

À mes parents
À ma famille
À Ama
À mon soleil : Nino

*Emmurer la souffrance, c'est prendre le risque
qu'elle te dévore de l'intérieur.*

Frida KAHLO

*Ce n'est pas parce que la vie n'est pas élégante
qu'il faut se conduire comme elle.*

Françoise SAGAN

Prologue

La nuit est tombée sur ta terre ma sœur chérie. Sur la nôtre d'un même mouvement. Droit comme le couperet d'une guillotine. D'un geste aussi brusque et doux que la danse mécanique d'une main familière sur un interrupteur. Lumière. Puis Nuit. Sans précaution. Sans préparation. Sans un indice pour annoncer que ça va arriver. Que ça peut arriver.

Cali, ta fille, s'est éteinte et nous a laissé Alma, comme un dernier sourire. Un ange blond. Le premier d'une longue descendance de brunettes incendiaires.

Cali avait choisi ce prénom. Juste au cas où, disait-elle dans la lettre qu'elle t'avait laissée. Juste au cas où... dans celle qu'elle avait glissée sous mon oreiller avant de partir à la maternité. Elle est morte en couches, consciente que donner la vie pourrait lui coûter la sienne. Par amour. Par amour pour celui qui lui tenait la main depuis plus de quinze ans déjà. Par amour pour la lignée de femmes qui attendait fiévreusement qu'elle continue d'écrire la suite, à commencer par toi Rita, et notre sœur aînée Leonor. Je vous ai quittées onze longues années. Non sans peine. Un choix radical. Risqué. J'ai osé faire tapis après avoir passé plus de trente ans à jouer la mise minimale. Sauf que ça revient vite très cher, l'absolu, quand l'heure de faire les comptes est venue... Ces années perdues dont je me foutais jusque-là, je réalise que je ne les rattraperai plus avec Cali, et qu'elles empoisonneront, désormais, le restant de mes jours.

J'ai peur. Tellement peur.

Même en prison je n'ai jamais eu aussi peur que ce soir. Même quand Antonio m'a trahie je n'ai pas eu aussi peur de l'obscurité qui s'abattait sur moi.

L'obscurité, toi tu en connais un rayon, Rita. Mais ta fille Cali, elle, faisait pousser la lumière. Il suffisait qu'elle lève une main pour que l'air entre ses mouvements devienne matière scintillante.

Ma Cali, tu nous laisses aujourd'hui les bras chargés de bouquets de pourquoi. Tu as donné la vie. Ta vie. Puis tu es partie sans laisser d'instructions. Et nous voilà démunies face à cette enfant à chérir et à protéger pour toi.

C'est insensé. Inacceptable. C'est l'océan qui fait déborder le monde. Et nos cœurs engloutis par ses vagues scélérates.

J'ai toujours su me raccrocher aux branches, mais dans ce café où nous n'espérons plus rien, nous sommes en plein désert. La puissance de nos bras est inutile quand il n'y a pas l'ombre d'un arbre à l'horizon. Nous attendions Alma comme le Messie, au moins autant que de te voir devenir mère.

Sauf que c'est le pire qui nous attendait en ce premier janvier 1977.

Pire que la détention. Pire que mes foutus parents qui se saignèrent pour échapper à un putain de dictateur. Pire que le froid qui nous brûla depuis la Catalogne jusqu'au camp d'Argelès. Pire que si le soleil annonçait qu'il ne se lèverait plus jamais. Pire que tout.

Même quand on en a vu autant que j'en ai vu...

Chez moi, une année de mémoire semble effacer la précédente. Dans le temple de mes souvenirs, les places sont de plus en plus chères. Je m'en accommode. Ce qui m'atteint en revanche, c'est la possibilité d'oublier ce qui m'a fait mal. J'ai peur de ne pas voir venir la prochaine torgnole si je ne me souviens pas des précédentes.

Et moi, depuis que je suis revenue ici, j'ai oublié presque tout ce qui m'a heurtée. Ma tête trie arbitrairement ce qu'elle veut bien conserver.

— Question de survie, m'a répondu nonchalamment Leonor quand je lui ai parlé des cratères qui peuplent ma mémoire.

Je n'avais pas dû bien choisir le moment, sinon elle aurait été plus explicite. C'était une réponse qui ressemblait aux miennes. Moi, j'avance plus que je ne pense. Voilà pourquoi j'ai vu du pays tandis que mes sœurs s'enlisent dans la région depuis Mathusalem.

Je suis rentrée mais je repartirai bientôt. Ici rien ne me retient. Je repartirai de zéro, parce que je sais que le monde a un beau rôle pour moi. Reste à découvrir lequel.

De mon périple depuis l'Espagne pour la France, à l'âge de six ans, il ne me reste que la sensation de froid. Et plus encore peut-être celle de la faim. La douleur des viscères qui se serrent les coudes pour se sentir moins vides. C'est pour ça que je suis rondelette. Depuis ces quelques jours misérables, je fais des réserves. Avant de m'endormir.

Dès que je me réveille. Je mange. Toujours un peu. On ne sait jamais.

De mes parents il ne me reste que la musique. Le joyeux brouhaha de la maison, grouillante de figures fantasques en mission, la radio clandestine allumée en continu. Sauf les jours de fête où les chants populaires lui volaient la vedette, se mêlant au cliquetis de nos petits talons du dimanche, dansant sur les carreaux de ciment. Des bouts de phrases surgissent aussi, quand je les laisse venir, doux bourdonnement à mes oreilles, envahissant mon cerveau comme du miel tapisse le pot dans lequel il s'écoule. Ah ! Ce son… Chaud. Enveloppant. Dense. Flou toutefois.

De la taule il ne me reste que l'odeur. J'ai le nez bouché douze mois sur douze, mais mon cerveau, lui, se souvient d'avoir reniflé ces murs humides, cette eau verte colorant le lavabo, l'émanation de fer que crache le sang. Mon pif est peut-être hors d'usage depuis que cette salope de Dolorès me l'a défoncé. Impossible de savoir si les deux événements se sont enchaînés, je ne date plus rien.

De ma plus grande audace, il ne me reste qu'un goût. Âpre. Qui brûle du ventre à la gorge comme une remontée acide. Qui surgit. Qui irrite. Qui condamne.

De toi Cali que me restera-t-il ? Cette mémoire flancheuse m'arrangeait bien jusqu'ici, car elle effaçait les souvenirs trop lourds à trimballer... aujourd'hui elle me paralyse.

Parce que de toi je ne veux rien oublier. Pas une apostrophe, pas une virgule de nos vies communes. La chaleur de ton corps d'enfant qui vient dans un élan se blottir contre le mien, je veux l'emporter avec moi jusqu'au bout de la vie, et après. Tu étais comme ma fille, Cali. Comme ma petite sœur aussi. Au fond, quatorze ans me séparent de toi, et dix de ma sœur aînée.

Si j'étais restée la docile petite Carmen *ad vitam æternam*, je n'aurais rien eu à t'apprendre. Moi, j'avais choisi la liberté. Quel qu'en soit le prix. Mes sœurs étaient empêtrées dans une double identité. Pas moi. Depuis mon arrivée à Marseillette, au sein du café de ta mère et d'André, je n'avais plus besoin de personne pour décider de mes demains.

Quelle chance tu m'as offerte en accueillant mes bras comme ceux d'une mère ! Tu étais ma poupée aux yeux perçants. Sensations garanties quand ce regard-là se plantait dans le mien. Tu étais celle à qui je racontais tout, qui semblait tout comprendre, tombeau ravissant de mes secrets, jusqu'à ce que ta petite bouche s'entrouvre pour nous époustoufler avec ton courage d'amazone et ta grâce de déesse.

Je sais déjà que malgré moi, chaque jour je vais espérer que tu reviennes. Je repousse l'insupportable vérité de toutes mes forces. Elle ne plie pas. La réalité nous regarde de haut comme un juge dans sa robe. Impitoyable. Imperméable à notre colère et à notre chagrin.

Négrito, le chat, va te chercher partout. Tu lui as donné ce nom parce qu'il se faufilait au pied de ton lit dès les premières notes du *Duerme negrito* que Rita te fredonnait. Dernier acte du rituel du coucher, pour se rappeler notre chance d'être ensemble et de rêver. Ce trouillard de Négrito a fait connaissance avec son courage en devenant le gardien de ton sommeil.

À tes côtés Cali, j'ai goûté tous les bonheurs, sans les responsabilités. L'adrénaline des spectacles de l'école, celle de tes cascades à vélo. Le moelleux des soirs où tu étais malade, quand je te veillais parce que ta mère était coincée derrière le comptoir. Quel luxe que d'être tante… Liberté préservée, amour inconditionnel d'une *pichoncita* que l'on peut aider à grandir. Sans pression. Je n'aurais jamais sacrifié ma vie pour devenir mère. J'étais trop égoïste. Et j'aimais cette idée, pas seulement parce que ça me différenciait de mes sœurs... aussi parce que le chemin qu'elles m'avaient tracé n'était pas pour moi, ne leur en déplaise. Voilà pourquoi j'ai suivi Antonio sans réfléchir. Il me proposait une route qui ne serait que la mienne. L'addition serait salée.

Pourtant je ne regrette rien. Chacun des êtres qui ont traversé mes quarante-cinq premières années m'a enseigné quelque chose. Parce que ma blancheur avait besoin d'être entachée pour se révéler, ma naïveté besoin d'une méchante secousse pour céder sa place à la lucidité.

J'ai longtemps nié mon existence. Aujourd'hui je regarde dans le rétroviseur ceux qui l'ont forgée. Ils sont tous là, se rappelant à mon souvenir d'un signe de la main, pour que je continue de la construire sans oublier chaque leçon qu'ils m'ont donnée.

Cali

Marseillette, 1962. Cali est la seule d'entre nous qui a réussi sa vie. Et j'ai mis ma pierre à l'édifice. Une main a pourtant trois ou quatre doigts de trop pour compter ce que j'ai fait de bien au cours de ma pitoyable existence. Ma nièce est l'unique être de ma famille qui me retient ici. D'abord elle a besoin de moi. Je la conduis à ses cours de danse sur ma pétrolette. Et à ses cours de piano. Cette soif d'apprendre et de se confronter à des mondes si éloignés du nôtre, c'est venu d'elle. Qu'est-ce qui peut bien nous empêcher, sa mère, Leonor et moi, de vivre la vie que nous méritons ? Qu'est-ce qui nous laisse penser que nous ne pouvons pas voir plus loin, plus grand, plus fort, plus haut... comme elle ?

Le jour où elle s'est entichée d'une famille de Bulgares de passage chez nous, Cali avait sept ans je crois. Ils avaient loué une péniche pour descendre le canal du Midi. La cadette des trois enfants nous avait fait une épatante démonstration d'une danse traditionnelle de leur pays. Cali avait regardé la scène avec émerveillement, applaudi avec beaucoup de sérieux, puis attrapé la main de la gosse pour l'emmener dans sa chambre. Nous avons eu le privilège d'assister à la même chorégraphie, quelques minutes après leur disparition, en duo cette fois. Le lendemain, Cali suppliait d'être inscrite à des cours de danse. J'ai enquêté pour lui trouver la meilleure école du coin. Le prix mensuel de la bricole a fait tomber Rita de sa chaise. Mais elle s'est fendue d'un « d'accord » après que je me suis engagée à l'y conduire. Cali a toujours eu une capacité d'assimilation hors norme. Rita ne s'autorise rien, alors voir sa fille s'offrir tous les possibles estompe ses propres regrets. Elle ferait n'importe quoi pour ne pas lui transmettre la résignation qui la sclérose. C'est une mère extraordinaire ma sœur, même si ça m'arracherait la gueule de le lui dire.

Quand Cali sort de l'école, André lui donne son goûter. Il l'aide à grimper sur un tabouret haut, au comptoir, et lui sert un chocolat chaud avec des tartines de beurre saupoudrées de cacao Van Houten. Quand je les regarde, je me dis que l'attachement n'a rien à voir avec les liens du sang. Ça va bien au-delà. Je me mets alors à fantasmer une famille qui ne serait pas la mienne, avec qui je me sentirais comprise, et pas jugée. Ces pensées me réchauffent quand je rêve de grand large. Mais si je vois Rita et Cali s'adresser un regard muet dont elles seules ont le secret, mes certitudes se craquellent… Leurs échanges ont une forme magique que rien ne peut expliquer.

Cali pourtant, comme moi, pique régulièrement de sacrées colères contre sa mère, alors que c'est un agneau avec André. Lui est si tiède qu'il ne provoque jamais d'émotions fortes. J'ai eu si souvent envie de le secouer ! Et ce que je hais par-dessus tout, c'est que ma sœur ait renoncé à ses rêves pour lui. Elle qui était si aventureuse, si libre… elle est devenue esclave du café et de sa culpabilité. André lui a ouvert les bras alors qu'elle venait de traverser une de ses plus grandes épreuves, perdre son premier amour. Il a accueilli Cali comme sa propre fille et lui a donné une affection et une éducation irréprochables. Il a pris en charge l'aspect matériel aussi, enfermant ma sœur dans sa gratitude à son égard, alors qu'il la délaissait au profit de son rôle de père. Quand Juan, leur enfant, est né, il n'a pas voulu regarder les souffrances du petit en face. À sa mort, André a accablé ma sœur, puis s'est renfermé au lieu de l'épauler. Il est trop égoïste pour écouter, communiquer, affronter. Il contourne, détourne, se noie dans un verre d'eau. Alors oui, il est là. Depuis toujours il est là pour nous. Là, mais dans son monde. Presque désengagé du nôtre. Seule Cali parvient à révéler sa capacité à aimer et sa disponibilité. Je ne l'ai jamais vu prendre Rita par la main, lui offrir un regard admiratif ou amoureux, ni un baiser. Elle mérite autre chose ma sœur, ce dont malheureusement nul ne pourrait la convaincre.

Par chance Rita a un exutoire, qui est également sa botte secrète : sa cuisine. Elle s'y exprime, et s'y oublie. Elle sait ce qu'il faut nous cuisiner en fonction de nos états d'âme, comment nous récupérer par la peau des papilles si l'on est fâché, et de quelle façon nourrir Cali pour qu'elle pousse comme une plante tropicale. Je peux sentir sa joie ou sa peine à chaque bouchée. Les routiers s'arrêtent juste pour sa langue de bœuf aux cornichons, qui me fait horreur. Pourquoi ma sœur s'évertue-t-elle à cuisiner ces plats franchouillards imbouffables alors qu'à dix ans elle maîtrisait déjà les savoureuses recettes de *Mami* ? De la cuisine de notre mère, il ne reste que le riz au lait au menu du café.

Quand elle n'est pas derrière le comptoir, Rita est aux fourneaux, mais elle navigue sans cesse entre les deux, histoire d'avoir un œil sur tout. Elle épie, nous piste, surveille. Toujours en train d'espépisser pour vérifier que l'on file droit. Ma sœur, c'est un chef d'orchestre avec une cuillère en bois en guise de baguette. Pas de place pour l'improvisation, tout doit être au cordeau. Insupportable. Une séquelle de notre histoire. Nos parents m'ont abandonnée aux bons soins de mes grandes sœurs sans leur laisser le choix. Et grandir avec un boulet à la cheville demande beaucoup d'organisation et de rigueur si l'on ne veut blesser personne.

À l'aube de ses quinze ans, je ne conduis plus Cali aux cours qu'elle prend ni à ceux qu'elle donne gratuitement aux enfants des forains. Pas plus qu'aux bals des villages alentour où elle retrouve sa cousine Meritxell et leurs copines. À présent, Ernest, son amoureux, s'en charge, puisque les cours sont devenus des répétitions et les autres déplacements des tournées. Il faut les voir ensemble. Les notes de la guitare d'Ernest animent Cali comme la manivelle d'une boîte à musique active la petite danseuse cachée à l'intérieur. Mais avec une souplesse inouïe, contrairement à la ballerine de l'écrin dont j'ai toujours trouvé la raideur plutôt effrayante.

Les absences de Cali peuvent durer des semaines. Je suis éperdument fière d'elle, mais le temps s'étire à l'infini quand elle n'est pas là. Si le travail ne manque pas ici, il ne suffit pas à distraire le vide. Avec mes sœurs, les relations s'enveniment. Elles me bassinent sans cesse avec mon manque d'ambition, m'accusent de végéter alors que je crache pour ce foutu café.

— Carmencita *mi amor*, c'est fantastique l'aide que tu nous apportes, mais il doit bien y avoir quelque chose qui te passionne davantage que faire le ménage, non ? Je trouverai quelqu'un pour m'aider…

Je me sens prisonnière de cette vie, pourtant la culpabilité m'empêche de m'éloigner. Je suis en colère contre moi, contre mon manque de culot, mais c'est sur mes sœurs que je déverse le venin qui m'empoisonne. Mon monde rétrécit un peu plus chaque jour. Marseillette me sort par les narines. C'est un bastion. En son centre : la mairie, l'école, et *La Terrasse*, le café de Rita, se font face. Ils sont les remparts de la place.

Ce café, c'est aussi le mien. C'est là que j'ai commencé à dévorer la vie avec un appétit d'ogresse.

Un an après l'arrivée ici de Rita, André et Cali, j'ai quitté Narbonne pour m'installer avec eux. Je pensais y couler des jours plus libres, mais rapidement ma sœur aînée a délaissé son métier de sage-femme pour venir aider de plus en plus souvent. J'essaie de m'en extraire, mais il est irrésistible, ce café, avec sa galerie de gueules cassées. Ce sont des figures. Des atypiques. Des authentiques. Chargés de leur terre, d'une histoire. Et riches des enseignements qu'elles leur ont laissés. Comme les habitants de l'immeuble qui nous a ouvert les bras alors que la Retirada nous avait mâchées puis recrachées sur une plage catalane.

Cali et moi avons grandi sous la protection inconditionnelle de ce petit peuple de personnages issus d'horizons parfois contraires, s'entraidant dans un joyeux bordel. Tous me voyaient comme une enfant quand je suis arrivée, car je ne quittais jamais les jupes de mes sœurs malgré mes vingt et un ans. Mais une année au contact de cette escadrille et la chenille abandonnait sa chrysalide. Libre de s'adonner à ce qui deviendra un temps mon activité préférée : papillonner. Jusqu'à plus soif. De garçon en garçon, voire de garçon en fille. Titougne, l'un de nos chers habitués, n'aime pas ça.

— Si tu savais à quel point tu es précieuse, tu ne ferais pas n'importe quoi avec ton cul, Cita. Ce qui est précieux est rare. Tu suis ? Laisse cette absurde façon d'obtenir un peu d'amour aux autres.

— N'importe quoi ! J'aime pas l'amour Titougne, c'est de la compagnie et un peu d'action que je cherche. Il ne se passe jamais rien ici !

Titougne est un grand illuminé tout dégingandé qui imite le son de la sirène de police américaine à la perfection. Pas un jour sans que quelqu'un ne le sollicite pour en faire la démonstration. Il est propriétaire d'une casse, devant laquelle est affichée une petite note : « Si besoin de mes services, venez me trouver au café. » Titougne est toujours fourré chez nous. Et si je sais que les salades qu'il me vend sont assaisonnées de bienveillance, elles me rappellent surtout que je n'ai aucune vie privée ici. Pas plus que je n'en avais chez ma grande sœur Leonor. Pas plus que nous n'en avions chez Madrina, enfin dans l'immeuble à Narbonne qui était le sien et où elle nous a recueillies en février 1939. Nous avons été heureuses là-bas. Sachant que la générosité de Madrina n'était pas gratuite. Il a fallu travailler. Même la chance a un prix. Titougne dit que la chance, il faut la convier souvent. Que si elle se sent chérie, elle s'installe durablement. Je le crois, il ne parle jamais pour ne rien dire, et il est très observateur. C'est lui qui a remarqué en premier le drôle de manège de Rase-Muraille. Depuis, tout le monde guette son arrivée au café, car sur l'intégralité de son chemin, jusqu'à ce qu'il ait posé un pied sur la terrasse, il rase les murs. Comme s'il était traqué par la Gestapo. Ça nous fait rire. Surtout que la Gestapo, personne ne l'a jamais vue à Marseillette. Nous, nous avons fui Franco. Rase-Muraille, lui, a échappé à un salopard du même acabit : Mussolini. Le boulanger aussi, Saint-Amaux, de son vrai nom San Amoroso Rogliani. Quand il a été naturalisé, il a choisi ce nouveau prénom afin de toujours porter sur lui quelques syllabes de son passé.

Les histoires de Saint-Amaux, ma nièce et moi en raffolons. Il fait sa tournée sur un beau vélo rouge italien. C'est le célèbre Gino le Pieux qui le lui a donné. Ce grand champion de cyclisme a utilisé sa notoriété pour aider les juifs italiens à échapper au fascisme. Gino lui a fait traverser la frontière en pédalant, muni de faux papiers de « messager militaire à bicyclette ». Saint-Amaux a roulé de Turin à Marseillette en longeant la côte, pour ne pas se perdre. On n'aurait pas été bien aidées par des vélos nous, dans les Pyrénées, transies au cœur de cet hiver 1939, célèbre pour avoir été le plus glacial et injuste que la région ait jamais connu. Saint-Amaux avait une grande famille. Mais à l'exception de quelques cousins éloignés, il est l'unique survivant masculin. Il a raconté à Rita que sa vue de taupe borgne l'avait empêché de partir au front avec ses frères pour se battre aux côtés du parti communiste… Heureusement que le rêve a de grands pieds pour foutre la culpabilité dehors à coups de savate, car c'est en écrivant à son idole, Gino, que Saint-Amaux a sauvé ses fesses. Grâce à lui, il a décidé de s'autoriser à vivre. Pour rendre ses morts fiers de sa vaillance, faute d'avoir pu les épauler.

La clinquante monture de notre boulanger est équipée d'un panier géant à l'arrière, et d'un autre à l'avant. C'est à se demander comment il arrive à grimper toutes les côtes du village quand ils sont pleins. Il passe chaque jour à six heures trente déposer notre pain, et revient le soir à vingt heures pétantes. Il commande un demi, mais au lieu de s'asseoir avec tout le monde, il va s'installer dans le coin canapé au fond de la cuisine, normalement réservé au repos de la famille. Éternel célibataire, il parle souvent de tous les amis qu'il ira visiter à sa retraite. Il dit qu'il gardera la boulangerie, pour venir nous voir souvent. Jusqu'ici son travail l'a empêché de quitter Marseillette, il pétrit trois cent soixante-cinq jours par an. Car chacun sait combien c'est long un jour sans pain. Lui surtout.

Quand Cali allait acheter des bonbons dans sa boutique, il lui montrait ses cartes postales des quatre coins de la planète. Son cousin, militaire en Nouvelle-Calédonie. Sa sœur, nurse pour de riches New-Yorkais. Son meilleur ami, qui avait suivi sa belle Chilienne et intégré une tribu dans la cordillère des Andes pour fuir le climat politique. Ça nous faisait tant rêver de l'entendre parler des endroits extraordinaires où il irait bientôt.

— Plus que huit ans ! Et à moi le monde ! D'abord la Bretagne, chez ma tante. Ensuite Paris ! Il ne faut pas mourir sans avoir goûté aux lumières de la capitale. Puis ma sœur aux Amériques, mon neveu à Gênes…

Il est plus doué de ses dix doigts avec une grignette qu'avec un stylo, alors je rédige toutes les réponses en français aux missives qu'il reçoit. Je suis les mains de Saint-Amaux. C'est un conteur hors norme. J'aime la façon dont il décrit notre vie, notre village et sa faune, et le vocabulaire châtié qu'il utilise. J'adapte un peu, remplace les maladresses, pour que ceux qui le liront se disent que

Saint-Amaux est un grand monsieur. Il insiste pour me payer. Je refuse inlassablement.

— Puisque tu fais ta tête de couillonne, je mets dans ce bocal tout ce que je te dois. Un jour, tu auras besoin d'argent, et tu seras bien contente de récupérer un butin honnêtement gagné plutôt que de quémander à droite à gauche.

Quand je dépasse les bornes avec mes sœurs, je pioche dans le pot pour leur acheter un cadeau et je demande à Saint-Amaux de le leur offrir de sa part. Je me rends malade de ruiner leur santé avec mes reproches. Sans ma foutue fierté je passerais autant de temps à essayer de me racheter qu'à les emmerder.

J'aime aussi rédiger les couplets de Saint-Amaux au sujet de notre famille. Il embellit ce que nous sommes : « Les sœurs Ruiz-Monpean ont transformé le village. Non contentes d'être belles, joviales, et d'un dévouement total, le lien qu'elles ont su tisser entre les villageois tient du miracle ! »

Moi, je ne peux pas m'empêcher de penser que si nous étions si formidables, nos parents ne nous auraient pas abandonnées. Leonor et Rita ont brûlé leur lettre d'adieu, pour s'assurer qu'elle ne tombe pas entre mes mains. Je verrais peut-être les choses différemment si j'avais pu la lire. Mais la retranscription par mes sœurs quand j'ai été « en âge de comprendre » n'a pas suffi à éclipser l'histoire que je m'étais racontée. J'ai passé huit longues années à attendre le retour de ma maman et de mon papa. Si seulement j'avais demandé des explications... La charge que je représentais pour mes sœurs méritait bien que je leur foute la paix.

Un soir, Saint-Amaux appelle au café en disant qu'il se sent fatigué. Il demande à Rita de prévenir ses amis de Comigne qu'il ne viendra pas. Ce n'est pas son genre. À minuit, le docteur s'arrête s'en jeter un au café. Pas son genre non plus. Dans un sanglot il nous annonce que Saint-Amaux est mort. Les quelques piliers du bar se fissurent subitement, puis s'écroulent. Le silence hurle le désespoir qui les saisit. C'est un cataclysme pour Cali et moi. Seul Saint-Amaux avait le don de nous faire voyager sans quitter notre trou quand la basse saison éloignait les touristes. Et sans lui, les mois d'hiver se mettent brutalement à s'allonger autant que la nationale 66.

Manu, son acolyte, est très affecté par le départ soudain de Saint-Amaux. Ça ne se voit pas, il a toujours un sourire tendre un peu triste, qui tient compagnie à sa casquette vissée sur la tête. Manu est le roi des surnoms. Il appelle ma grande sœur Vermicelle. Peut-être parce que Manu ne rate pas les déjeuners où le potage de Leonor est à la carte. Rita est Vermicelle *Dos* et moi Vermicelle *Tres*. Au village, on a vite oublié Vermicelle *Tres* pour me surnommer le Pastre. Ça veut dire « le berger » en occitan. J'ai toujours une ribambelle de moutons testostéronés qui me suivent à la trace, espérant les faveurs de la jeune femme très ouverte que je suis devenue.

La plupart des filles de mon âge sont mariées, ou promises au moins. Moi, en arrivant au café, je n'ai encore jamais vu le loup, comme dit Madrina. Ni même embrassé des lèvres de toute ma vie. En un claquement de castagnettes, je suis passée de tout à son contraire. Interdiction pour mes sœurs d'entrer dans ma chambre. Gros déménagement : un étage. J'ai exigé d'investir la chambre du rez-de-chaussée, dont une porte donnait sur la rue. Cali, en jupette, toujours derrière moi pour soutenir mes plaidoyers, s'agitait face aux réticences de Rita. Elle pressentait que mes demandes étaient cruciales et justes.

Elle me comprend mieux que personne, Cali. Manu l'appelle Saturnin. En référence au joli canard qui passe à la télé. On ne saisit pas toujours le sens que Manu met dans tous les petits noms dont il nous affuble, mais on en ressent pleinement la tendresse.

Manu est le frère et partenaire de belote de Pedro. Ils passent leur temps à s'engueuler pour des broutilles. Leurs femmes aussi se disputent sans cesse pour prendre la défense de leur époux. Pourtant ils habitent des maisons mitoyennes et ne font jamais rien les uns sans les autres. Pedro est une sorte de Louis de Funès, branché sur cent mille volts, le geste saccadé et nerveux. Il parle si vite que souvent on n'y comprend rien. Pour ne pas le vexer, nous acquiesçons. Car s'il est blessé, Pedro démarre au quart de tour, plus vivement que sa bécane.

Grâce à lui, Cali a réalisé une de ses plus belles rencontres : le flamenco. Il le danse si bien. Nous sommes tous plus ou moins danseurs chez nous, surtout Cali, qui a été frappée par le virus très jeune. Sa grâce naturelle aidant, tout lui semble facile. Nous sommes fiers à en crever.

Quand elle envisage d'en faire son métier, c'est une autre paire de manches. Réunion au sommet. Minuit, salle du restaurant. La seule pièce dont les murs ne peuvent pas avoir d'oreilles. Leonor, Rita, Madrina, Meritxell et moi. Pedro remplit ses grilles de loto au comptoir.

— Danseur ce n'est pas un métier, ¡ *Coño* ! s'exclame Leonor en introduction.

Rita riposte :

— Et pourquoi pas ? Je serai là pour l'aider, si elle ne gagne pas assez d'argent.

— Mais oui Rita, assiste-la jusqu'à ses vingt et un ans, histoire qu'elle trime deux fois plus que les autres pour trouver son autonomie ! Et s'il t'arrive quelque chose, elle n'aura plus rien. Comme moi, dis-je.

Rita, blessée, se tourne vers l'aînée de l'assemblée, Madrina, qui balbutie :

— Carmen tu es une ingrate. Écoute, Leonor… Cali a de quoi se replier, si elle veut tenter sa chance c'est maintenant. Moi, je lui trouverai des travaux de couture si elle en a besoin…

Cette phrase me met dans une rage folle. Personne n'en a rien à foutre de ce que je raconte.

— Assister, ce n'est pas aider putain ! Aider, c'est apprendre à quelqu'un à s'en sortir par lui-même. Dites-lui que vous la soutiendrez quoi qu'il arrive. Dites-lui qu'elle doit faire ses choix en étant consciente que le monde, et celui de l'art en particulier, est impitoyable. Mesurez son envie, et exprimez-vous en fonction ! Mais arrêtez de la décourager alors qu'elle a le cran de s'affirmer !

Comme Pedro, j'ai remarqué que Cali avait quelque chose de spécial quand elle danse le flamenco. Si elle valse ou chausse ses pointes, elle est brillante, mais quand elle entre dans sa peau de *bailaora*, elle devient solaire. Elle explose le cadre, se libère. En apprenant les pas que lui montre Pedro, son instinct se révèle et je vois saigner toutes les plaies de l'Espagne. Sur la voix d'Aniya la Gitana ou celle de La Niña de los Peines, ses improvisations sont encore plus spectaculaires. La rage vient bousculer la douceur et de ce contraste violent naît la magie. Une urgence qui emmène, secoue, transperce, pour mieux émouvoir. Mes sœurs travaillent trop pour avoir remarqué ce qui est tout sauf un détail. Madrina, elle, fume trop pour voir plus loin que la pompe à essence dont elle a la charge. Heureusement, Pedro et moi sommes là pour veiller à faire solidement germer la graine. Je lui ai demandé d'écrire à sa sœur à Cadix pour qu'elle trouve des *tacones* en taille trente-sept, et une robe en trente-quatre. Pedro était excité par mon plan tel un chiot devant son premier os. Les joies de Cali, et même la seule idée d'en provoquer une, sont de l'essence pour nos petits moteurs.

Antonio

Le mercredi soir il n'y a pas un chat au café. En huit années à *La Terrasse*, aucune exception à la règle. Les villageois se réservent pour le concours de belote du jeudi, alors ça ne s'éternise pas ici après vingt et une heures. Chacun tient à être au mieux de sa forme pour les joutes du lendemain. On peut plaisanter sur presque tout chez nous, mais quand il s'agit des cartes, on ne rigole pas. Le sens de la compétition est proportionnel à l'âge des joueurs. Manu a beau foncer à grandes enjambées vers ses quatre-vingts ans, à chaque partie de coinche il s'enflamme comme s'il misait sa dernière heure. Les jeunes ne participent pas, mais ils ne rateraient un jeudi au café pour rien au monde. Ils vont au spectacle. Ils chauffent à blanc les compétiteurs, qui démarrent en trombe.

J'ai proposé à Rita de fermer ce soir, ce mois d'août l'achève avec l'affluence de péniches sur le canal. Tout au long de cet été 1962, dans la région, la canicule force les navigateurs du dimanche à quitter leurs embarcations. Chez nous, il fait plus frais. L'hôtel et le restaurant affichent complet depuis des semaines.

Il est plus de minuit quand je termine de dresser les tables du petit déjeuner. Qu'elles ne comptent pas sur ma pomme avant midi demain, les pintades ! Trois heures de ménage, ça mérite bien une grasse matinée. J'entends la clochette accrochée à la porte d'entrée s'agiter. Quatre hommes entrent. Vêtus comme des notables, ils semblent débarqués d'un autre temps. Un temps où même en plein cagnard la trace de sueur sous le bras de chemise est plus virile que le port d'un marcel. Je suis étonnée par ces costumes trois-pièces, chics et désuets à la fois. Au point d'en oublier de voir que des têtes sont posées sur ces cols bien repassés. On voit peu d'accoutrements de ce type par chez nous. Moi qui ai pris la sale habitude d'avoir un avis sur tout, je ne saurais dire cette fois si je les trouve pathétiques ou plutôt élégants. Le plus petit, le plus âgé aussi, s'approche du comptoir et me demande quatre sangrias en espagnol. J'offre un sourire ironique en regardant les verres que je sèche. Si tu me cherches, toi… je te servirai un grand verre de mon mépris. Je suis fatiguée, tu débarques à pas d'heure et tu demandes un truc inconnu au bataillon…

En garde ! Je dois penser si haut que l'homme répète comme un ordre le « s'il vous plaît » qui clôturait déjà sa question. Cet abruti va vraiment m'emmouscailler avec un cocktail ou je sais pas quoi, alors que j'ai la bonté de les laisser entrer en pleine fermeture ? Je suis une femme éduquée, alors je réponds seulement que nous n'en avons pas. En français bien sûr. Il ne manquerait plus que je fasse un effort.

Le plus jeune m'attrape le bras. Je détache sa main calmement.

— C'est simple ! Tu as du vin rouge ? Tu mets des quartiers d'orange, de l'*agua con gas*, de la glace, un peu de sucre…

J'ai l'impression qu'il essaie de fanfaronner pour faire le dur devant le vieux. Je lève les yeux au ciel. Leur zèle n'est visiblement pas que vestimentaire. Je me redresse, et comme si je n'avais pas entendu, me mets à disserter, en espagnol cette fois, sur les vertus des corbières et minervois de la carte des vins. Mon discours est rodé, je le maîtrise en quatre langues. Je n'en connais pas beaucoup plus, mais j'ai toujours eu ça dans le sang, la pratique des langues vivantes. Avant même d'apprendre, j'ai toujours été tournée vers le reste du monde. Je me sentais différente. De mes sœurs, des gens de l'immeuble, puis de mes camarades d'école. J'avais beau les aimer, je ne les comprenais pas. Je n'étais pas comme eux. Ils n'attachaient d'importance qu'à leur petit univers étriqué. Alors je me contentais d'observer, bouche cousue. Tant d'années à obéir sans poser de questions. Certaines bombes se désamorcent quand le retardement est trop long. Pas moi. Ne pas s'exprimer, c'est ne pas vivre.

Je comprends l'espagnol mais déteste le parler. Je ne l'utilise plus depuis que j'ai appris le français. Sauf en cas de nécessité, comme ce soir. Ou avec mes sœurs, quand nous sommes seules, pour leur faire plaisir. Je vois bien que ça leur déchire le cœur si je ne m'y emploie pas.

Dès que des étrangers passaient la porte du café, j'emboîtais le pas des filles afin de les installer. Cela m'a valu d'heureux malentendus, le cours de linguistique virant souvent à la nuit de braise. La compréhension n'a jamais manqué au bon déroulé du mélange charnel des cultures.

Ma réponse désinvolte à la demande de sangria ne passe pas. Je sens que le nabot est vexé. Je ne cherche pas à me rattraper. Qu'ils aillent voir ailleurs si ça ne leur convient pas, on n'est pas à quatre verres de vin près avec la saison qui bat son plein. Et merde, ils demandent une chambre en plus, je vais les dégager ces connards. Les gars te débarquent à minuit, te demandent d'exécuter une recette que tu ne connais pas et voilà qu'ils veulent un logement pour la nuit maintenant ! Je les dézingue. Dans la langue de Molière.

— L'hôtel est complet. Et ce sera vin, bière ou rien. Je ferme dans cinq minutes.

Alors que je tourne les talons, mes yeux tombent dans les siens. Ils y rencontrent du feu. Une ardeur carnassière. Le choc est aussi violent que doux. Je soutiens son regard, pour lui prouver qu'il n'a pas de prise sur moi. Depuis que je danse, je suis le meneur. Depuis que je navigue, je tiens la barre, seule. Ça ne va pas changer ce soir. Pourtant, voilà que je plonge tout habillée. Sa sensualité est un grappin dont les crochets se plantent autour de mon nombril. Je suis saisie. Prise au piège. L'irrésistible attraction, la chute et sa tourbillonnante ivresse seront inévitables.

— Vous savez quoi ? Je vais vous la faire votre foutue sangria.

Il s'appelle Antonio. Il est madrilène. De tout le reste, je ne saurai rien en fermant le café, totalement saoule, à cinq heures du matin. J'entre dans la chambre de Cali qui est partie en tournée. En quelques minutes, un œil ouvert et l'autre fermé – mise au point trop difficile –, j'enferme les affaires de ma nièce dans l'armoire du couloir. Je les invite à entrer dans la chambre, mais me tiens à l'extérieur.

— C'est vraiment pour ne pas vous laisser à la rue, vous vous débrouillerez avec les lits, le compte n'y est pas. Et il faudra payer, même si ce n'est pas optimal ! Vous vous arrangerez avec ma sœur Rita demain. ¿ *Vale* ?

— *Vale, gracias señora dueña*, dit le plus jeune.

— *Buenas noches*. Petit déjeuner en supplément, servi jusqu'à onze heures.

Je repars, j'entends leur porte se fermer, quand je pense au matelas disponible dans la chambre de Rita. Je me retourne vivement pour aller le leur proposer, et me retrouve nez à nez avec Antonio. Ma volte-face ne le fait pas bouger d'un cil, comme s'il avait deviné que cela allait se produire.

— Moi, je dors avec toi, dit-il à voix basse.

Une voix chuchotée, ferme toutefois. Je mords à l'hameçon, mais pas comme une bleue, attention… Je ne suis plus une enfant. Si je décide d'entrer dans le jeu, c'est que j'ai de bonnes cartes. Les bluffeurs m'intéressent parce que j'aime les démasquer. Je devine ses intentions. Il veut que ce soit moi qui l'embrasse, qui lui saute dessus. Je suis joueuse moi aussi. Je le fixe avec défiance. Mon désir est si fort qu'il flirte avec la douleur. Je n'en montre rien. Antonio attrape mon bassin et le colle au sien. Il soutient mon regard. Il attend de voir apparaître la faille. Il espère que mon corps témoigne d'une fragilité, de mon envie, ou de ma surprise, pour se ruer sur ma vulnérabilité peut-être… Je reste impénétrable. C'est lui qui suppliera, jusqu'à n'avoir d'autre issue que de se jeter sur moi. Qu'attend-il, nom de Dieu ? Un signe que le moment est venu de donner l'assaut. Antonio rompt le duel en soulevant mon débardeur pour se mettre à dévorer mon sein gauche. Je tressaille. La partie est terminée. Ou elle ne fait que commencer.

Il nous sera impossible d'atteindre ma chambre pour cette première fois. Aller jusqu'aux marches de l'escalier, à deux pas de là où nos ébats débutent, me vaut déjà bien de la peine. Mais afin de ne pas être entendus…

Antonio me plaque contre le mur, je peux sentir son sexe à travers mon tablier et ma jupe. Il enlève ma culotte, baisse son pantalon. Je pourrais jouir dès qu'il s'invite en moi. Mais ce serait trop facile. Nous nous connaissons à peine, pourquoi lui offrirais-je un tel cadeau alors qu'il me pense déjà à sa merci ? Soudain, il se retire. Recommence à pénétrer mes pupilles sans me toucher. Tant pis pour la domination, tant pis pour son égocentrique satisfaction, cette fois je n'en peux plus. Ma bouche attrape la sienne. J'empoigne son sexe pour le glisser dans le mien. Il me repousse. Sans violence. Juste avec cette pointe d'agressivité qui maintient la tension à son paroxysme. Je souris. Je brûle de continuer à me laisser surprendre. Le jeu est délicieux et je m'en amuse. Il saisit mon genou, soulève ma cuisse. Il descend. Il tourne autour de mon entrejambe, l'effleurant sans y plonger. Il manipule mon envie, lèche l'intérieur de mes cuisses, s'arrête tout à coup pour se caresser, me laisse espérer ses faveurs. Il rapproche lentement ses lèvres, encore une fois. Il fait glisser une main jusqu'à mon sein. L'autre raffermit sa poigne sur ma cuisse, et sa bouche, enfin, consume mon sexe. Il suffira d'une minute. Antonio escalade mon corps jusqu'à rencontrer mon visage, et laisse résonner mon râle désinhibé par le plaisir qui m'étreint. Il recule, et accroche à nouveau son regard au mien. Il prend son sexe en main, me murmure de ne pas le quitter des yeux, et termine sa course seul, rejetant mes caresses, et répétant à chacune de mes tentatives : « *Mirame a los ojos.* » Il tremble. Il est magnifiquement sauvage. Au point de me donner envie de recommencer. Mon désir m'emporte, guidé par l'embrasement d'Antonio. Je jouis.

Je suis seule dans mon lit quand j'ouvre les yeux, extirpée de mon sommeil par des hurlements. Les rixes sont rares au café, et généralement nocturnes, jamais elles ne commencent à onze heures du matin ! Je reconnais la voix de Rita. Celle de Pedro aussi. Ma curiosité est affaiblie par ma fatigue. Je me recouche. Antonio fait irruption dans ma chambre.

— Nous partons.

Ces mots me paralysent. Me voilà comme une enfant à qui on reprendrait le bonbon qu'on lui a donné, alors qu'il n'a pas commencé à fondre sous sa langue. Déçue. Sonnée. Je m'habille tandis qu'il rassemble ses affaires éparpillées.

— Tu as quelque chose à voir avec la dispute en bas ?

— Tes sœurs sont folles.

— Oui, merci, ça je sais. D'autres informations plus surprenantes peut-être ?

— Elles ont une dent contre la corrida.

— Oui, je sais aussi. Et pourtant elles sont espagnoles jusqu'au bout des cornes. Pratique culturelle ou pas, si l'on possède un cœur en bon état de marche, on ne laisse pas faire des trucs pareils !

— ... Je suis matador Carmen. Et aujourd'hui j'enseigne mon art. Les jeunes sont mes apprentis. Bientôt, je ferai d'eux de grands toreros.

Charme instantanément rompu. Bien sûr. Le port altier, la souplesse du geste, la puissance de son corps. Ce n'est pas mon pouvoir d'attraction cette nuit qui guidait l'état d'urgence. Non, c'est son sens de la dramaturgie qui s'exprimait. Une mécanique bien huilée. J'aurais dû m'en douter, la mode est aux femmes longilignes, pas aux felliniennes comme moi. Je fais bander les gars d'ici parce qu'ils n'ont rien de mieux à se mettre sous la dent. Oui, depuis quelque temps, fini les rondeurs en une des magazines, il n'y en a plus que pour les maigrelettes. Mes sœurs s'insurgent contre cela. Et s'engagent. Elles militent aussi auprès du département pour que la corrida ne passe pas les frontières de nos contrées. Seule Madrina est pro-tauromachie, car son frère gagne sa vie en pariant sur les *toros*. Mais pour nous, blesser un animal au nom de la noblesse ou de la beauté du geste est un acte de barbarie.

Antonio, tu es bien mal tombé.

En ouvrant la porte au fond du café, je découvre Rita debout sur une table, un balai dans les mains. Elle braille en espagnol. Si vite qu'il m'est impossible de tout saisir. Les habitués sont silencieux, sur le qui-vive. Madrina se tient sur le seuil, et dévisage les trois toreros, les engageant à sortir. Pedro retient Leonor, prête à leur sauter dessus. Je n'en reviens pas. Elle qui est toujours sur la réserve, cherchant à sauver les apparences. Ils ont dû y aller fort les Espingouins pour la mettre dans un état pareil. Ou alors, la seule évocation de leur métier a fait sortir mes tigresses de leurs gonds. Chez nous, les animaux sont des membres à part entière de la famille. On ne les utilise pas, on ne les saigne pas, on les chérit. Salty, le beauceron, est le gardien de notre quiétude. Il renifle le client pénible dès qu'il pose une fesse au café, avant même que le gars ait ouvert la bouche. Et il le fixe. Sans sourciller. Du coup, les boulets ne s'attardent jamais. Coco, le perroquet, fait des imitations à tout fendre. S'il a quelqu'un dans le nez par contre, il est insupportable. Ponpon, le lapin albinos de Cali, est si peureux qu'il mord tous ceux qui l'approchent. Nous avons enfin Négrito, bien sûr. Avec un café qui concurrence l'arche de Noé, mes sœurs ne peuvent pas cautionner ces bandits dans leur établissement.

Sur la terrasse, les jeunes de Marseillette se sont rangés en ligne. Au premier signe de Rita, ils bondiront sur eux. Elle se retourne vers les Espagnols :

— Alors le sanguinaire, il le répète que je fais honte à mes parents avec mes idées modernistes ? Il le répète ? *¡ Coño, repitelo ! ¡ Escuchamos ! ¡ Repitelo, malparido !* hurle-t-elle de plus belle, les menaçant de son balai.

Elle aligne les insultes face aux toreros ahuris. Elle m'épuise à tout prendre à cœur tout le temps. Les jeunes s'écartent lentement pour laisser passer Antonio qui tente de rejoindre sa voiture. D'un signe de tête, il enjoint à ses compatriotes de le suivre. Ils s'exécutent, plus impressionnés par la fureur féminine à l'intérieur que par l'équipe de rugby dehors.

En Espagne, des taureaux de combat étaient élevés dans le champ voisin de celui où mes parents avaient leurs mûriers. Il fallait les voir défendre leurs petits au moindre danger… Comme ma mère avec nous. Ils chargeaient parfois, apeurés de trouver les soigneurs en plein vêlage. Mais il suffisait que les intrus s'écartent de leur progéniture pour qu'ils retrouvent leur calme. Ces bêtes n'ont pas besoin de faire couler le sang pour se sentir fortes. Elles se protègent, c'est tout.

Avec mes sœurs, nous formulions des incantations pour que nos favoris soient recalés à la pesée. En dessous de quatre cent quarante kilos, ils finissaient dans les assiettes, ou reproducteurs pour les plus chanceux. Nous arpentions les rues du quartier pour les sauver, proposant leurs services, jamais à court d'arguments sur les valeurs insoupçonnées de la traction bovine. L'issue était toujours la même, les cadavres de nos voisins chéris finissaient en couverture du journal local. Alors Maman, qui devinait tout, préparait des madeleines et du chocolat chaud pour y tremper nos cœurs gelés. Sans un mot, nous laissant en conclure que la vie est un enchaînement d'injustices, et que si nos combats sont parfois vains, il ne faut pourtant jamais cesser de résister.

Je ne bouge pas. Les tueurs, on les bute, ou on laisse le destin s'en charger pour nous. On n'essaie certainement pas de les retenir.

La voiture ne veut pas démarrer. Antonio essaie encore. Un nuage noir s'échappe de l'arrière du véhicule. Les moqueries fusent depuis la terrasse. Je ris de ce retour de bâton. Au bout de six ou sept tentatives, le moteur se met à ronronner malgré l'épaisse fumée que tousse leur pot d'échappement. Mon corps se scinde en deux. Sous les dernières côtes. Une partie de moi voudrait courir après Antonio, l'autre l'en empêche, incorruptible. Je suis fille de résistants républicains, je ne laisse personne toucher à ma liberté et mon indépendance. Dans l'adversité, je reste solidaire de ma famille, de sang et de cœur. Même si j'étouffe aujourd'hui dans ce cocon.

Je me vois en train de poursuivre Antonio, pourtant je suis toujours dans l'embrasure de la porte du café. Je me vois le supplier de revenir. Je le vois sortir et m'embrasser, me prendre par la main et se diriger vers la terrasse le front bas. Je n'ai toutefois pas bougé. Ni ouvert la bouche. Mais en regardant la DS s'éloigner dans les rires et les applaudissements, je peux sentir mon cœur fondre et se déverser dans chacun de mes talons. Mes jambes sont faibles, et la biture d'hier n'y est pour rien. Un volet se referme sur un paysage que je n'ai pas eu le temps de contempler.

Autour, l'activité reprend comme si de rien n'était. Leonor rumine l'altercation. Elle grommelle dans sa barbe avant de sortir :

— Je suis énervée, je vais au jardin.

Quand l'aînée de mes sœurs est en colère, elle file au potager que nous possédons en bas du village. Et elle parle seule. Ils ne doivent plus en pouvoir ces pauvres légumes, de se la farcir chaque fois qu'elle leur rend visite remontée comme un coucou.

— Qui descend au lavoir finir le linge ? demande Rita.

Madrina fait la sourde oreille. André est en pleine lecture de *L'Indépendant*, son rituel quotidien. J'ai compris.

On dirait qu'Antonio ne m'a pas amputée avec ce départ soudain. Mes guibolles galopent malgré le poids de la lessive. Sur le chemin de la rivière, des flashs de la nuit envahissent mon esprit. Mon corps, toujours sous l'emprise du désir, s'affole à l'idée de ne pas revivre un moment d'une telle intensité. Si le corps est heureux, l'esprit l'est aussi.

Je passe devant la salle du peuple, tourne la tête pour saluer les pétanqueurs qui jouent juste à côté, mais c'est sur la voiture d'Antonio que mes yeux s'arrêtent. Le capot est levé et ses quatre occupants ont l'air dépité. Je me dirige vers eux :

— Ben alors ? Un torero, ça ne sait pas bouger ses fesses pour marcher jusque chez un garagiste ?

Personne ne répond. Antonio me terrasse d'un œil furieux qui embrase mon bas-ventre. Je soutiens son regard. Les autres me font de la peine, démunis, en plein cagnard, à neuf cents kilomètres de chez eux. Je n'en perds pas le nord pour autant. Un torero gagne très bien sa vie, et ils n'ont pas payé ma sœur.

— Vous voulez que je vous indique le mécanicien le plus proche ?

Le blond, celui qui m'appelle *señora dueña*, répond d'un oui timide. Je me tourne vers Antonio.

— Ce sera avec plaisir dès que vous aurez réglé votre ardoise. Je pourrai même lui téléphoner pour qu'il vienne vous dépanner. Enfin, quand nous aurons fait les comptes. Cinq bouteilles de vin rouge, une eau pétillante, une chambre, trois petits déjeuners... Je ne vous compte pas les fruits et le sucre bien sûr. Huit cents francs.

Les gamins sont stupéfaits. Antonio sourit. Il semble que je l'ai ferré sans le vouloir.

— D'accord. Reviens quand tu auras téléphoné au dépanneur. Je dois te voir.

Je prends l'argent et remonte au café. Après avoir jeté le linge sur le billard, je fonce sur le téléphone.

— Lulu, c'est Carmen. Si tu raboules ta dépanneuse maintenant, ce soir c'est champagne. Rejoins-moi vite avec au foyer, je t'expliquerai, il y a du fric à se faire.

Rita sort de la cuisine, et se met à râler contre moi.

— Mais enfin *cariño*, tu te fiches de moi ? On ne peut rien te demander ! Tout le monde court ici, et toi tu prends ton temps comme si la terre entière pouvait t'attendre. ¡ *Amorcito por favor* !

Je lui tends sept cents francs avec malice.

— Tu feras les lessives à la laverie cette semaine.

— D'où tu sors ça ?

— Oh, ça va Rita, j'ai seulement demandé aux Espagnols de me donner l'argent qu'ils te devaient. Le type avait bien trois fois ça sur lui en liquide !

— Mais leur note était de cent soixante francs !

— Tu aurais été fière de moi, je leur ai fait le tarif spécial Connards. Et le vieux n'a pas rechigné, c'est te dire le pognon qu'ils doivent avoir !

— Tu es folle *chiquita*. Mais bon… jusque-là ça te réussit on dirait. Oh, puis c'est toi qui as raison, bien fait pour ces *pendejos* !

Rita me tend deux cents francs.

— Garde ça pour toi *cariño*. Profite. C'est maintenant que tu dois vivre. Le reste va mettre du safran dans le riz *mi amor*, merci.

Chacune planque sa liasse dans son soutien-gorge et tourne les talons dans le sens opposé. En rythme.

Devant la salle du peuple, les Espagnols patientent toujours. Lulu arrive en même temps que moi. Je résume la situation.

— Tu prends combien pour un dépannage d'habitude ?

— Quatre-vingts francs.

Antonio, à quelques mètres, observe.

— Messieurs, par chance Lulu est d'accord pour vous remorquer jusqu'à son garage. C'est deux cents francs pour le dépannage, et pour les réparations il vous dira ce que ça coûte dès qu'il aura examiné la voiture.

Antonio acquiesce d'un air canaille. Je suis déstabilisée. Je viens tout de même de l'escroquer par deux fois, sans vergogne…

Une fois la voiture remorquée, Lulu n'a plus de place pour tous les caser. En se serrant, trois ça passe, mais quatre…

— Moi, je reste ici, dit Antonio.

À ces mots je deviens un serpent dont le charmeur se met à jouer.

Antonio et moi passons l'après-midi dans ma chambre. Dans un vrai lit, il n'est pas moins sauvage. Il baise comme si c'était la dernière fois. Le suspense et la tension qu'il installe me vident. Je ne pense plus, je suis délestée. Reposant, pour quelqu'un qui cherche en permanence à donner du sens à sa vie.

Antonio me questionne sur mon quotidien, mes projets, mes souhaits. Il s'explique sur son art, sur les a priori que le sang fait couler. Lui, il respecte les taureaux. Il enseigne à ses recrues ce qui fait la noblesse de sa discipline. Il a sorti le blond, Carmelo, de l'Assistance publique et les deux autres, Haroldo et Gabino, sont ses cousins. Grâce à lui, ces gosses ont un avenir. D'autant que Franco adore la corrida, ils bénéficient donc d'une paix royale.

Rita tambourine à la porte. Antonio et moi sursautons.

— Lulu au téléphone pour toi !

Antonio s'agite en reconnaissant la voix de ma sœur, et cela ne manque pas de me faire rire. Je chuchote :

— Elle fait peur, c'est vrai, mais moins qu'un taureau, non ?

Je crie :

— J'arrive Rita !

Quand je reviens dans la chambre, Antonio est assis sur le lit, rhabillé, pensif. Je lui annonce joyeusement que la voiture est prête, les garçons l'attendront à vingt-deux heures devant la salle du peuple. Il revêt un air solennel :

— Pars avec nous. J'ai un travail pour toi, près de Madrid. Tu auras une chambre dans la *finca* où nous vivons.

— C'est quoi le boulot ?

— Ce que tu fais ici, j'imagine. Courses, repas... Sauf que nous avons déjà une femme de ménage. Il faudra souvent déposer du matériel en ville, et en réceptionner. Le domaine est une véritable entreprise, pas qu'une petite école de tauromachie.

— Combien ?

— À partir de combien tu viens avec nous ?

— Pour être dévouée à vos besoins ? Sept cents par mois. Pas un centime de moins.

— Six cents. Car le lundi tu auras congé, tu pourras aller dépenser ton argent à la capitale.

— Très bien... mais non. Sept cents, et je garde mon jour de congé.

— Tu as le permis ?

— Non, mais si tu me le payes je veux bien le passer.

— Sept cents, un jour de congé, et je paye le permis de conduire. Mais seulement si tu travailles sans poser de question. Je ne pourrai pas tout t'expliquer, on n'a pas le temps pour ça. Je te formerai au secrétariat, mais pas au business. De mon côté, je ne te demanderai pas de me détailler la recette de ta paella.

Je l'ai planté là pour foncer chez mon amie Christiane. Si l'omniprésence de mes sœurs m'étrangle, je n'oublie jamais ce que je leur dois. Ni la droiture que mes parents auraient exigée de moi en pareille situation.

— Ta nièce a toujours besoin d'un logement et d'un travail, Christiane ?

— Oui, pourquoi ?

— Banco. Appelle-la, elle a ma chambre et mon boulot dès demain. Un mois à l'essai. Je lui enverrai un salaire de deux cents francs garantis. Rita complétera selon les travaux effectués, en retenant le loyer bien sûr.

— Oh merci Carmen, elle va être folle de joie ! Mais… mais tu vas où toi ?

La question de Christiane s'évapore, je file comme un courant d'air informer mes sœurs.

Au fond qu'est-ce que je risque ? En trois jours j'aurai gagné assez de blé pour me payer un billet retour si ça tourne mal… Je peux me défendre et je cours vite.

Antonio sait qu'on ne lui dit pas non. Ce n'est pas le genre d'homme à qui l'on résiste longtemps. Même sur moi son pouvoir fonctionne. Cette assurance, je l'envie, la mienne est fissurée. Je rêve à la femme que je serai devenue quand je reviendrai. Les trois jeunots ont l'air si épanoui pour des gosses que la vie n'a pas gâtés. Pourquoi pas moi ?

Le concours de belote électrise le café, je me faufile jusqu'au comptoir.

— Où est Rita ?

— Déjà couchée, elle était claquée. C'est moi qui ferme, me répond André, sans lever les yeux du percolateur avec lequel il essaie d'en découdre.

— Je lui laisse un mot, je ne rentre pas ce soir.

— À ton âge Carmen, découcher à droite à gauche, franchement…

Je prépare une petite valise. Avec tout l'argent que je vais gagner, ce n'est pas seulement ma garde-robe que je vais renouveler, c'est chaque recoin de mon existence. Inutile de me charger du passé.

J'écris à ma sœur que je pars à Madrid avec un ami qui a du boulot pour moi. J'aurais aimé lui dire au revoir mais l'occasion s'est présentée il y a une heure à peine, et si je m'en vais ce soir avec lui en voiture, j'économise un billet de train. Je lui explique comment je me suis organisée avec la nièce de Christiane. Je lui demande d'embrasser Cali très fort pour moi. « Et oui, je ferai attention. Pas la peine de se mettre la rate au court-bouillon, car ça ne fait pas venir le poisson. Je te téléphone demain pour te confirmer que nous sommes bien arrivés. Et n'en profite pas pour t'inquiéter ! *Un beso.* »

Les premières heures de route, j'entends les voix de Leonor et Rita envahir ma tête comme si j'étais restée auprès d'elles : C'est qui cet ami ? Tu le connais bien ? Où tu vas dormir ? N'importe quoi ! Aller là-bas pour faire le même travail qu'ici, où tu as déjà tout ? Tu sais comment ils traitent les descendants des républicains là-bas ? *¡ Como* *mierda !* Tu te rends compte de la peine qu'aura Cali ? Tu rentres quand d'ailleurs ?

Les quatre hommes se relayent pour conduire. J'occupe la place du mort, l'Espagnol est gentleman. Au départ, les jeunes sont entassés à l'arrière, mais au changement de pilote, ils insistent pour que je garde mon siège, et Antonio s'assied à côté de ses cousins endormis l'un sur l'autre. Deux chatons dans leur panière. Je sombre moi aussi, dans l'espoir de faire taire mes sœurs. En m'abandonnant au sommeil, je me sens sereine. Quand Rita nous a quittées, elle est revenue plus forte, en dépit des épreuves. Une fois rentrée, elle a fait de vrais choix. Elle a écrit son histoire à elle. Elle a cessé de n'être qu'un satellite de Leonor. Ai-je cessé, moi, de n'être qu'une excroissance de mes sœurs ? Pas encore. Et si cette fois c'était ma chance qui tambourinait à la porte ?

Quand mes paupières se lèvent, je suis saisie par un vent de panique. Seule dans la voiture sur un parking désert avec la pampa à perte de vue. Même le jour qui pointe se demande ce qu'il fout là. Je regarde autour, espérant rencontrer âme qui vive. Au loin, une station-service. Quelques semi-remorques éparpillés. Derrière la voiture, à une centaine de mètres, j'aperçois la silhouette d'Antonio. Il discute avec deux colosses en tenue de croque-morts. Ils échangent quelque chose. J'ai beau plisser les yeux, je n'arrive pas à saisir la nature de leur affaire. Et si c'était moi l'objet de la transaction ?

Carmelo ouvre subitement la porte et me tend un gobelet de café. Apparition angélique. Quel bon garçon.

— *¿ Dormiste bien señora dueña ?*
— *Sí. Gracias. ¿ Donde estamos ?*
— *Unas horas màs, y estamos en* La Casa Grande.
— C'est où *la casa grande* ? C'est quoi ?

La voix d'Antonio me répond, il s'est rapproché de nous.

— C'est mon domaine, notre maison et notre lieu de travail. Près de Madrid. Nous avons une *finca*, où nous entraînons les chevaux, et une *ganadería*, où nous élevons et préparons les *toros bravos*. Tu pourras dire à tes sœurs que les animaux sont loin d'être malheureux chez nous quand tu auras vu l'environnement dans lequel ils grandissent ! *¡ Vamos !*

Il y a des surprises auxquelles on n'a pas droit sans prise de risque. Me voilà récompensée. La

Casa Grande est un îlot de grâce, où la nature reprend ses droits. Je fais un plongeon dans le passé. Sans avoir pris soin de remplir mes poumons au préalable. L'émotion me noie. Pourtant je n'identifie pas vraiment ce qui est en train de m'envahir. Les garçons ne remarquent rien, déjà en train de s'affairer.

Le soir, dans mon nouveau lit, les fantômes qui m'ont secouée en arrivant ici stoppent leur valse endiablée et je discerne leurs visages. Ma mère et mon père initiant une bataille d'eau dans le champ de mûriers, ma grand-mère, la jupe remontée, les pieds dans la rivière, tentant de pêcher des truites à la main, mon grand-père, me soulevant pour que je caresse les taureaux. En quelques coups d'œil, je sais que je serai chez moi ici. Et la taille de ma salle de bains le confirme ! Quel luxe.

L'écuyer qui vient former les chevaux est français. La femme de ménage, équatorienne. Les soigneurs, marocains. Tous les autres, espagnols. Tournée vers le monde, je disais.

Ici, certains jours, c'est une usine à gaz. Je ne réalisais pas l'ampleur de son affaire quand Antonio l'a évoquée. Ça entre et ça sort de tous les côtés. Comme l'immeuble de Narbonne dans lequel j'ai grandi. En plus bucolique.

L'hacienda s'étend sur deux hectares et s'organise en plusieurs parties. En son centre, une piste d'entraînement. La maison, l'enclos des chevaux et celui des taureaux, séparés par les écuries et le poulailler, l'encerclent.

Les journées défilent à La Casa Grande. Je me réveille une bonne heure avant les garçons pour préparer leur petit déjeuner et leurs tenues. Quand j'ai fini de ranger la cuisine, je fais leurs lits, j'amène aux poules nos restes de la veille, et je me remets aux fourneaux pour m'atteler au repas de midi. De retour de leur matinée sportive, les petits sont morts de faim.

Je passe aussi beaucoup de temps à repriser leurs tenues car Antonio refuse d'*afeitar* ses taureaux. Je prends ça pour de la clémence. Il n'en est rien. C'est une manœuvre pour paraître encore plus courageux que ses pairs. L'après-midi je réponds au téléphone, je prends les messages, les rendez-vous d'Antonio, j'organise le transport des animaux, et je reçois les livraisons. Le foin. Le grain. Les outils. Le vin. Les habits de lumière. Antonio me demande de mettre les cartons dans son bureau, dont lui et moi sommes les seuls à avoir la clé. J'ouvre. Je dépose. Je referme. À double tour. Comme demandé. Parfois le paquet provient d'un laboratoire pharmaceutique, parfois son origine est plus mystérieuse. Et souvent, je réceptionne des boîtes de cigares qui arrivent de Caracas. Je n'ai jamais vu Antonio fumer pourtant. Les garçons fument l'herbe des soigneurs, eux. Quand je les coince en flagrant délit, je promets de ne rien dire contre quelques taffes. Ça les fait rire qu'une vieille de trente-deux ans aime se défoncer. Je leur réponds qu'à mon âge, justement, on sait combien la vie est courte, alors il serait stupide de se priver.

Je croise peu Antonio. Suffisamment pour assouvir mon besoin d'adrénaline. C'est souvent le jeudi, après avoir entraîné Carmelo à la mise à mort, qu'il vient me surprendre. Je ne suis jamais déçue. Garder nos rencontres secrètes ajoute du piment.

En général, à la nuit tombée, je suis seule avec les jeunes. Ils n'ont pas une vie de gosses de leur âge. Ils ne sortent de La Casa Grande que pour rejoindre telle ou telle arène. J'ose espérer que lors des dîners de célébrations, à l'issue des corridas, ils n'hésitent pas à cueillir les fleurs qui viennent s'épanouir à leurs éperons. Je ne sais pas à quel moment je me suis mise à penser à eux en les nommant « mes petits », mais je sais pourquoi. Ces jeunes hommes sont des trésors. Et je les soigne, mes petits. De tout mon cœur. Ils méritent ça, et plus encore. Ils se démènent pour être à la hauteur des exigences d'Antonio, et pour aider financièrement ce qu'il leur reste de famille. Leur volonté et leur engagement dans l'arène n'ont d'égal que leur douceur dans l'intimité retrouvée. Surtout Carmelo. Il n'avait que seize ans quand je l'ai connu.

Les vendredis et samedis, les garçons partent toréer. Alors je monte dans le bus, et moins de deux heures plus tard, me voilà au cœur de la belle Madrilène. J'aime tant passer la frontière qui sépare la région de Castilla-La Mancha, où trône La Casa Grande, de celle de Madrid. J'arrive en ville avec des listes de courses longues comme le bras que m'ont confiées les garçons, et le marathon commence. Je me lie d'amitié avec certains commerçants, je négocie les tarifs à la baisse, et je prends toujours le temps de m'offrir un cornet de glace.

Antonio a tenu à ce que je sois présente à la corrida qu'il organise aujourd'hui. D'habitude il n'insiste pas, il sait que ce serait une torture pour moi. Mais là, c'est un grand jour, il se coupe la *coleta*. Ultime événement de la carrière du torero, qui indique qu'il prend définitivement sa retraite.

Selon Antonio, il est temps. Il souhaite se consacrer à l'organisation de corridas et il sent que l'aîné de ses cousins est prêt pour sa première mise à mort. L'excitation est immense dans la maisonnée. Les garçons sont sublimes, moulés de paillettes. Antonio descend les marches de l'escalier tel un empereur, concentré. Les petits se lèvent pour mettre un genou à terre. Mon émotion me surprend.

Antonio a prévu une tenue pour moi. Une robe ridicule. Décolleté. Froufrous. Tout à fait mon style. Je l'enfile à contrecœur, pour lui faire plaisir. Pour faire honneur à León, le taureau, aussi. L'autre étoile de cette journée. Pour être digne de ses probables adieux.

Tout au long du trajet, Antonio jette des coups d'œil dans le rétroviseur, comme s'il redoutait que nous soyons suivis. La région entière sait pertinemment où se trouve Antonio Calderon à cet instant précis ! Alors qui aurait intérêt à le prendre en filature ? Ça n'a pas de sens… La pression du dernier combat semble plus grande que je ne l'envisageais. Antonio serre les mâchoires, tapote convulsivement sur le frein à main avec l'index. Je ne l'ai jamais vu faire cela avant. Il ne connaît pas le stress, il gère. Il maîtrise les dangers de l'arène autant que chaque mouvement de son entreprise tentaculaire.

Antonio est tendu quand il me dépose devant les arcades avant de rejoindre les coulisses. Pourtant, quoi qu'il arrive, les victoires passées suffiront à asseoir le mythe. Il n'a rien à prouver aujourd'hui. J'ai la drôle d'intuition que quelque chose cloche, mais je ne pense qu'à mon pauvre taureau. Je l'ai vu naître. Contre son flanc, j'ai célébré mes trente-trois ans. Nous nous sommes offert un chantant tête-à-tête dans une Casa Grande déserte. J'ai bu une bouteille de vin en lui racontant ma vie d'avant. C'était un de ces soirs où le mal du pays m'envahissait. Souvent cet état d'âme était lié à une lettre de Cali. Elle écrit comme elle danse, ma nièce. Avec poésie et vigueur. Elle se sent seule sans moi au sein de la fourmilière du café, et cela me peine. Tiens, je chanterai pour elle ce soir, en priant pour que ma voix transperce le ciel et lui transmette mon amour au-delà de la barrière des Pyrénées.

Je chante pour León tous les jours, quand les garçons sont sous la douche, que le dîner est prêt et que le jour s'effondre dans les bras de la nuit. Je feins de ne pas voir mes petits se pencher à la fenêtre et faire silence pour m'écouter, et hausse discrètement le volume pour leur dédier chaque note.

Si tu savais le sort qui t'attend mon brave León… Je songe à l'angoisse qui a dû être la tienne dans cette bétaillère.

Je m'installe dans les gradins. La foule me dévisage. Je sors peu de chez nous, mais tous savent qui je suis. Ça ne me gêne pas, je ne vois que León. Que ressent-il, enfermé dans le *chiquero* ? Sait-il que c'est son propre père, armé, derrière cette porte ? J'ai vu Antonio lui mettre quelque chose dans la bouche en arrivant, qu'est-ce que c'était ? J'ai presque envie que León l'embroche. Il en est capable. Il le sera en tout cas après le deuxième *tercio*, enragé par les banderilles. Quand il souffre, il n'est plus lui-même. Ses plus bas instincts se révèlent, et l'expression « voir rouge » prend tout son sens. Il déraisonne. Il devient capable du pire.

Antonio défie le fruit de son œuvre aujourd'hui, mais le public a défié Antonio lui aussi, en écrivant des dizaines de lettres pour que son ultime combat se fasse contre León. Il est l'un des derniers Miura, la race la plus agressive, la plus puissante.

La porte s'ouvre. Dernier *tercio*. Je crois que j'ai fermé les yeux durant tout le deuxième. León est aveuglé par la lumière, affolé par les cris, mais il sent la présence d'Antonio devant lui. Il court vers la droite, puis la gauche, désorienté. Le public entonne un chant guerrier. Les applaudissements éclatent comme autant de pétards dans les oreilles du taureau. Ce que tous prennent pour de la fureur, c'est de la panique. León redresse la tête en direction d'Antonio. Leurs regards enfin se rencontrent. León fixe son maître-ennemi en reculant. Il y a autant de haine que de déception dans son attitude. Plus de peur. León s'arrête et s'affaisse. Le public proteste. Antonio se rapproche et agite sa *muleta*. En vain. León refuse de se battre. Obstinément. On prépare une autre bête. León pourra-t-il être gracié ? Que fait-on dans ces cas-là ? Peut-on accabler celui qui déclare forfait ? En espérant le contraire, je suis à deux doigts de croire en Dieu.

Antonio et les garçons prennent directement la route après le spectacle. Haroldo fait sa première corrida en tant que matador, c'est Antonio qui organise l'événement. Plus de seize mille personnes sont attendues. Ils partent pour Nîmes. Tiens, ils rentraient d'une corrida là-bas le jour où je les ai rencontrés.

Un taxi me ramène à La Casa Grande vers vingt-trois heures. Je suis éreintée. Célébrer Antonio avec tout le gratin des traditionalistes de Madrid fut un supplice. Avant de me laisser avaler par le sommeil, je dois réceptionner un colis pour Antonio. Et lundi rebelote. À minuit ! Il n'y a vraiment pas d'horaires pour les *ganaderos*. Lundi Antonio sera rentré, si j'ai de la chance il s'en chargera lui-même. C'est un couche-tard, tandis que je rythme mes jours avec le soleil et la basse-cour depuis que je vis à La Casa Grande.

Aucune nouvelle des garçons qui devaient arriver en début d'après-midi. Je refuse de m'inquiéter. Encore un coup de la voiture. J'espère qu'ils ne reviendront pas avec une fille comme ils m'ont ramenée de leur dernière panne ! Déjà plus de quatre ans que je fais partie de la famille, il y a de la place pour une seule femme dans cette maison. Il est minuit. Je fume assise sur le perron en chemise de nuit, prête à recevoir la dernière livraison avant d'aller me coucher. Ça me surprend que Carmelo n'ait pas téléphoné. Lui qui est si précautionneux avec moi. L'obscurité est épaisse malgré la pleine lune qui arrose le terrain. Au loin, les chiens se chamaillent. Je vois des phares se rapprocher. Enfin ! C'est étrange, il y a plusieurs voitures. Je me lève. Qui c'est tout ce monde ?! Je compte quatre, puis sept bagnoles. Il a dû arriver quelque chose à mes petits et à Antonio. Non. Impossible. Je rentre à toute blinde attraper un manteau, une robe de chambre, quoi que ce soit qui me donne une allure décente. Tiens, toutes les valises dans l'armoire de l'entrée ont disparu. Mais enfin, ils sont partis deux jours…

La lumière des phares tapisse déjà le salon. Je sors accueillir l'escadron et la mauvaise nouvelle qui se profile. Pourvu que Carmelo n'ait rien. Je descends les quelques marches du perron. Les coups de freins font crisser les pneus à en briser le ciel. Des voix, hurlantes, m'encerclent, m'assignent, s'entrechoquent. Les phares tout proches m'aveuglent et me désorientent. Je pense à León dans l'arène. Un ballet de portières qui s'ouvrent et se ferment. Nous sommes assiégés. Les animaux s'agitent. Je rencontre pour la première fois celle qui deviendra bientôt ma plus chère partenaire de survie : la peur. Elle introduit le cortège des hommes qui s'extirpent à la hâte des véhicules. Ils braquent leurs armes sur une unique cible : Moi.

— *¡ Manos en la cabeza ! ¡ Carmen Ruiz-Monpean, estás bajo arresto !* (Mains en l'air ! Carmen Ruiz-Monpean, vous êtes en état d'arrestation !)

Mes mains ne parviennent pas à se décoller, elles sont jointes sur mon nombril. Je continue d'avancer vers eux malgré moi.

— *¡ No te mueves, no te mueves, puta madre !* (Ne bouge pas, ne bouge pas, putain !)

Je m'arrête net. Je suis terrifiée. Un groupe part vers l'arrière de La Casa, un autre vers l'étable.

— *¡ Encuéntren a Antonio, captúrenlo, corran, coño ! ¡ Prisa ! ¡ Prisa !* (Trouvez Antonio, capturez-le, courez putain ! Vite ! Vite !)

Je reprends ma marche vers la dizaine de policiers plantée devant moi. Contre mon gré. Mon corps cherche à leur montrer que je suis innocente. La confusion me secoue jusqu'au malaise. Ma tête ne répond plus. Seules des images m'assaillent comme une série de diapositives qui s'enchaînent, frénétiquement.

On me menotte. On me fait monter dans une voiture. Après quelques kilomètres, le flic à ma droite soulève ma nuisette et pose une main sur ma culotte en souriant à son collègue à ma gauche.

— Alors tu mouilles sur tous les uniformes ou juste ceux qui brillent ?

Je lui crache en pleine gueule. Ce salopard est refroidi. Il me gifle violemment. Mon cou craque.

Où es-tu Antonio ? Et qu'est-ce que tu as fait ?

La Yaya

Tout ça, c'est de la faute de mes sœurs. Elles ont voulu jouer les mamans, mais elles sont passées à côté de l'essentiel : me préparer à la vraie vie. Celle qui te prend par surprise, te défonce, te demande une vigilance de tous les instants. Parce qu'il suffit d'un battement de cils pour basculer dans le chaos. Protéger, c'est former. Donner des clés. Pas ouvrir les portes.

Rita et Leonor m'ont couvée, abaissant tous les obstacles pour que je les enjambe sans effort. Madrina secouait Rita, la mettait souvent face à la réalité dégueulasse qui l'attendait. Moi, j'étais « la petite », il fallait que tous me traitent comme si j'étais en sucre, sinon les sœurs Ruiz-Monpean vous bottaient le cul. Il ne faut pas s'étonner avec une éducation pareille que je ne sois pas armée. J'ai toujours eu quelqu'un pour me dicter ma conduite et me défendre. Après mes sœurs, Antonio et mes petits ont pris le relais.

Ici, à la prison de Ventas, je suis foutue.

Le bruit du verrou est devenu un membre de ma nouvelle famille en quelques semaines. Celui des pages que je tourne aussi. Mes sœurs n'en reviendraient pas de me trouver des heures le nez dans un livre. De tout le reste, encore moins. Il va bien falloir que je trouve le courage de leur avouer la vérité.

Ma camarade de cellule entre, essoufflée, et me dit qu'elle n'a pas eu son repas. Elle tient un petit sac en papier qu'elle porte à sa bouche pour respirer. Elle ne parle pas beaucoup, pourtant je l'aime bien. Elle a tué son mari qui la trompait avec sa sœur. Elle a tué sa sœur aussi du coup, mais ça, c'était un accident. Avec moi, elle est assez douce. Enfin, autant que peuvent l'être les femmes d'ici...

Je viens de rentrer du réfectoire. Je suis sur mon lit, celui du haut, en train de lire.

— Comment ça, ils t'ont pas filé à bouffer ?

Ses mâchoires se serrent au point de faire du sable avec ses chicots. Pas de réponse. Elle prend une longue inspiration. Je perds son regard. Elle donne un coup de poing dans le mur. Sa main saigne. En voyant la trace qu'elle laisse, je me rends compte que toutes les autres taches brunes sur le béton ont été dessinées avec la même encre. Un cri rauque s'échappe du plus profond de ses entrailles.

— Ils m'ont pas filé à bouffer !!! hurle-t-elle.

Elle scande cette phrase comme un disque rayé, perd le contrôle de ses gestes, frappe d'un côté, de l'autre. Je n'ose ni bouger ni parler. À sa place, moi aussi j'aurais besoin de m'abandonner à la colère. Alors je lui offre un regard désolé, sans un geste. Non, pas désolé. Compatissant plutôt. Je commence à connaître les règles. Ici, personne n'est désolé, il n'y a pas de place pour tant de sentiments. Ici, c'est chacun pour soi. Et Dieu pour personne. Je tatouerai cette règle sur les parois de mon cœur, pour continuer à survivre dans cette fosse aux lionnes.

Mon seul atout, c'est que je n'ai pas peur de prendre des coups. Parce que je n'en ai jamais pris. Je ne crains pas la violence, celle qui te réduit en miettes, et que seul l'instinct animal peut faire émerger. Je ne l'ai jamais rencontrée, cette violence, la vraie. Nous n'avons jamais été présentées l'une à l'autre, jamais. Ça ne durera pas. Bientôt elle s'emparera de chaque parcelle de mon être. D'habitude l'inconnu ne me terrifie pas. Au contraire, il m'excite. Ce que je connais me fout bien plus les jetons.

La perte. L'injustice. Les luttes vaines. Le repli sur soi. Mais aussi la routine. Le passéisme. L'attentisme. En termes d'attente, là, je vais être servie.

Le fracas d'un coup de tête sur le lavabo me déloge de mes pensées. Son nez pisse le sang cette fois. Je me mets à crier aussi :

— ¡ *Ayuda !* ¡ *Ayuda !*

Je ne peux pas l'en empêcher, mais je ne peux pas la laisser se liquider à coups de tronche non plus. Deux gardiens arrivent. Sans se presser. Blasés. Le quinzième « Ils m'ont pas filé à bouffer » vient de fendre le silence, et attend son tour pour se dissoudre dans l'air avec les précédents. Dans l'indifférence totale.

Après le départ de ma codétenue pour l'isolement, une fois le sang nettoyé par mes soins avec une éponge et un seau infâmes, je continue à me demander pourquoi elle n'a pas mangé.

Moi, quand j'entends la voix du gardien dire « *refectorio* » en ouvrant ma cellule, j'ai toujours une appréhension. Je n'ai pas envie qu'une des filles me choure ma bouffe. On est huit au mètre carré là-bas, difficile de raser les murs pour ne pas se faire emmerder. C'est l'unique lieu de Ventas où pas une prisonnière ne la ramène avec le personnel. On ne perd pas une occasion de copiner avec les intendantes pour qu'elles nous embauchent, dans l'espoir de grappiller discrètement un petit quelque chose. Les miettes du pain que l'on coupe, par exemple. Ou les restes de bouillie collée au fond des casseroles quand on aide à la plonge.

J'aperçois la Yaya, une figure de la prison, seule au fond du réfectoire, alors je m'assieds à côté d'elle pour pêcher quelques informations sur cette histoire de bouffe.

— Pourquoi elle n'a pas pu manger ma colocataire ?

— Le jeu préféré des gardiens, ces grosses merdes.

— Ils ont planqué le contenu de sa gamelle ?

— Non. En fin de service, ils bouffent les trois quarts du dernier plateau, et ils s'installent au réfectoire pour guetter la réaction de celle sur qui ça va tomber. Plus la fille disjoncte, plus ça les fait rire.

— Elle est arrivée tard parce qu'elle est embauchée à la lingerie cette semaine…

— Bienvenue chez toi, *pajarito* tombé du nid ! Et encore, ici ce n'est rien comparé à là-bas.

Elle me montre du doigt le bâtiment annexe au nôtre.

— Ici, c'est les vacances, *camarón* ! Derrière ce mur, chaque femme est prête à tout pour échapper aux châtiments gratuits. J'ai dû sucer des bites et lâcher cent mille pesetas sous le manteau pour passer du quartier des postérieures[1], qui ont combattu Franco après son accession au pouvoir, à celui des antérieures. Quitter cet enfer valait le sacrifice… Et je suis la seule à avoir réussi, parce que j'ai bénéficié d'une aide extérieure.

Six mois aujourd'hui que je suis là. La Yaya est l'unique personne qui laisse entrapercevoir une once d'humanité dans ses paroles. Pourtant, c'est celle que tout le monde craint. On ne vient jamais casser les *cojones* de la Yaya. On la respecte, et on lui fout la paix dans l'objectif d'obtenir ses faveurs. Moyennant finance évidemment. Rien n'est gratuit ici. Logique, puisque tout est difficile à obtenir. À part les cigarettes, mais leur prix est trois à quatre fois plus élevé que dehors, et l'attente si longue qu'elle en est insupportable. Ça me rend dingue de savoir que des fils de salopes se font de la maille

---

1. Les postérieures sont des détenues emprisonnées pour leurs actes de résistance au régime franquiste. Elles ont une forte conscience politique et sont républicaines, contrairement aux antérieures, enfermées pour des délits variés, la plupart du temps commis avant la victoire de Franco.

sur notre dos en sachant pertinemment ce qu'on endure...

Je n'avais que trente mille dans le soutien-gorge quand j'ai été embarquée, devenus quinze quand j'ai réclamé mes affaires personnelles. J'ai tout fumé.

La première fois que je craque, en découvrant la rémunération de mes heures de travail, la Yaya me sauve avec un livre. *Don Quijote*. De Miguel de Cervantes. J'ai retenu son nom parce que mon père se nommait Miguel et buvait quotidiennement un verre de vin doux qui s'appelait Cervantes. Un signe que ce livre allait jouer un rôle capital dans ma vie. Celui de m'apprendre à choisir mes combats et économiser mon énergie.

Guapita, la jeune gardienne à qui les vieilles matonnes filent toujours le sale boulot, me tend ma fiche. L'excitation me met en transe. Je vois déjà danser des ribambelles de clopes autour de mon crâne. La liasse qui m'attendra si je sors un jour d'ici. Je me vois même tout dépenser, allant de boutique en boutique, un énorme cornet de glace dans une main et mes sacs dans l'autre. Je ne me refuse rien.

Un quart de seconde suffit pour que mon index se pose sur la dernière ligne. Une douche glacée, à pleine pression. Je passe mon bras entre les barreaux pour choper la gorge de la gardienne. Je vais serrer, serrer, et on va bien voir si elles continuent à se foutre de ma gueule, ces chiennes. Guapita recule. Juste à temps. Elle fonce ouvrir la cage de la Yaya pour qu'elle vienne me calmer. C'est gentil de sa part, elle aurait pu m'envoyer directement au trou. Mais ma colère éteint tout bon sens.

En prison, on a le droit de travailler dix heures par semaine. Je ne comprenais pas quand je suis arrivée pourquoi la plupart des filles ne saisissaient pas cette chance. La donnée manquante qui m'aurait épargné une crise, c'est que nous étions payées 15 pesetas de l'heure, tous les trois mois, et que celui qui embauchait déclarait neuf fois sur dix la moitié de nos heures comme étant les siennes. J'avais récupéré les heures de ma codétenue, avec son accord et celui de la directrice, donc travaillé deux cent soixante heures. Bilan : 1950 pesetas. En un soupir, la messe était dite. Neuf paquets de cigarettes à 200 pesetas. 150 pesetas d'herbe. J'allais devoir tenir bon avec une ration de deux cigarettes par jour.

Après avoir manqué la carotide de Guapita, j'attrape la barre verticale de la tête du lit et le renverse violemment. Il se fracasse sur le lavabo, dont la canalisation se rompt dans l'impact de la collision, libérant l'eau sur le sol. La Yaya demande à Guapita d'ouvrir ma cellule. Je m'apprête à me jeter sur la gardienne, elle me bloque avec une clé de bras. On dirait qu'elle peut prévoir chacun de mes gestes. Elle me maintient sans me faire mal. Je suis immobilisée face au mur, les mains jointes dans le dos. Impossible de m'échapper. Ma joue droite s'écrase sur la paroi. Je hurle, débite les insultes les plus atroces de mon répertoire espagnol. Quand elle détache l'une de ses mains, pensant que c'est une chance, je mets encore plus d'énergie à essayer de me libérer. Je ne parviens pas à bouger d'un millimètre. Alors je cesse de crier. Sa main libre se met à me caresser la tête. Comme une maman avec son nourrisson.

— Souviens-toi de *Don Quijote*. L'épée n'a jamais émoussé la plume *cariño*, ni la plume l'épée... Respire. Ferme les yeux. *Tranquila... Tranquila...*

C'est facile pour la Yaya, même enfermée ici, elle a accès à tout ce qui existe à l'extérieur. Elle a eu le temps de décortiquer le système et de s'y faire une place, il y a dix-huit ans qu'elle croupit là. Elle appartenait au maquis qui a fomenté l'attentat raté contre Franco. Parmi ceux qui se sont fait prendre, la totalité des hommes ont « disparu », et les femmes ont été écrouées dans les prisons les plus dures. Si la Yaya est encore en vie, c'est parce que sa sœur s'est mariée avec un gros bonnet de la Phalange. Elle a sacrifié sa vie pour la cause. Infiltrée, elle bénéficie d'un accès privilégié à toutes sortes d'informations utiles pour les antifranquistes, et utilise ses faveurs comme monnaie d'échange contre la clémence de son époux.

Quand je suis arrivée en taule, le comité d'accueil dans la cour était pour le moins divisé. Un troupeau de détenues a débarqué. Pas besoin de me présenter. Tout le monde connaissait Antonio, savait que j'étais française et que je travaillais pour lui. D'un côté, celles qui lui vouent une passion sans borne m'ont ensevelie de questions indiscrètes. De l'autre, les plus méfiantes me scrutaient, agressives, comme si j'étais une papesse de la pègre. Moi, j'étais perdue, en apesanteur, persuadée que d'une minute à l'autre, quelqu'un allait surgir et annoncer qu'il y avait eu erreur sur la personne. La Yaya est entrée dans le cercle, en Reine Mère, et les filles m'ont enfin lâchée pour laisser place à la *dueña*.

— Tirez-vous les grosses. Alors la petite Française, elle sait plus où elle campe ou elle le sait très bien ?

— Bien sûr que je sais où je campe. Je sais que d'un jour à l'autre Antonio va venir me chercher et tout éclaircir. Alors cette merde ne sera qu'un sale souvenir.

— C'est quoi cet accent ? T'es pas plus française que moi en fait ! C'est quoi ton nom ?

— Bien sûr que si je suis française ! Mes parents étaient espagnols, mais je ne les ai quasiment pas connus, et je vis en France depuis mes six ans. Mes sœurs se parlent en espagnol, voilà tout.

— Ton nom j'ai dit !

— Carmen Ruiz-Monpean. Tu veux mes deuxième et troisième prénoms ou ça va aller ?

— Carmen Ruiz-Monpean... Et ça se dit française ? Tu es ridicule.

— J'en ai rien à foutre. Un nom c'est comme un tatouage sur l'oreille d'une vache, ça ne te raconte pas si elle est dressée, travailleuse, ou affectueuse. Ça t'informe seulement sur le point de départ d'une existence, ça ne parle pas de l'essentiel.

— T'es moins tarte que t'en as l'air, tu sais, *camarón*...

— Je dois te remercier pour le compliment ?

— Par contre tu vas en prendre pour ton grade ici, parce que tu n'as pas l'air de comprendre ce qui t'attend.

— Je ne vais pas rester je te dis.

— Ah ben non ! T'es aussi conne que t'en as l'air finalement. *Coño*, maintenant elle va me dire qu'elle ne sait pas ce qu'elle fait ici…

C'est là que j'ai commencé à atterrir. Que la peur s'est immiscée. Que la violence a trouvé la porte de mon âme pour mieux me transformer. En bête sauvage.

Selon la Yaya, Antonio se servait de La Casa Grande pour blanchir l'argent de la Toromafia, suscitant jalousie et amertume chez les gens du coin, qui crevaient la dalle et ne comprenaient pas son impunité.

— La Toromafia ?

— Oh merde. Elle a l'esprit vif aussi… Va falloir te réveiller *amor*, ça va vite ici. Dès que tu sors de ta cellule tu dois mettre tous tes sens en éveil. Action *camarón*. Sinon tu vas te faire bouffer. Toute crue.

La Yaya a affirmé que le trafic d'Antonio était un secret de Polichinelle. Franco le laissait faire pour ne pas perdre l'unique matador qui faisait rayonner l'Espagne par-delà les frontières.

Sauf qu'Antonio dépassait les bornes, et qu'un de ces jours, même El Caudillo, son plus grand aficionado, n'aurait d'autre choix que de le faire arrêter.

— Si Antonio ne vient pas, c'est qu'ils l'ont attrapé lui aussi.

— S'il ne vient pas, c'est qu'il a été assez malin pour se tirer quand il a senti le vent tourner.

J'écoutais, suspendue à ses lèvres, sans piper mot.

— Une autre détenue est arrivée de La Casa Grande il y a quatre ou cinq ans. Une Portugaise. Sacrément costaude. Et peur de rien. Autant te dire que je la connais, l'histoire… Tu vas me balancer que tu répondais au téléphone, organisais les rendez-vous, récupérais les colis, et que tu ne cherchais pas à savoir parce que c'était bien payé et que c'était le marché.

— Oui. Et alors ?

— Et alors, putain mais c'est pas vrai ! Tu viens juste de sortir du cul d'une poule, toi !? Réfléchis innocente, c'est pas très compliqué de faire porter le chapeau à celle qui réceptionne la drogue et le fric des paris, les met en lieu sûr, puis les livre à droite à gauche… Il embauche des pigeonnes qui trinquent pour lui, la raclure. D'abord le *pastel de nata*, maintenant toi… *¿ Me entiendes ahora ?*

C'est fou ça... C'est la France qui t'a rendue aussi cruche, *flaquita* ?

Je serrais les dents.

— On dit qu'il drogue les animaux avant les corridas, avec la complicité du vétérinaire. Il dope les chevaux et affaiblit les taureaux. Parfois l'inverse.

Je serrais les poings. Je me revoyais dans le bureau d'Antonio. Je revoyais les noms des laboratoires pharmaceutiques sur les paquets qui défilaient sous mes doigts, j'en rangeais un, deux, trois, tellement...

— On dit qu'il enduit les sabots des taureaux d'essence de térébenthine. La douleur de la brûlure est telle qu'ils sont obligés de se mettre en mouvement pour l'amoindrir, et deviennent très agressifs.

Mon cœur s'est serré. Je me voyais accourir hors de la maison en entendant León beugler à mort, et Antonio me faire des signes pour que je n'approche pas de l'enclos où l'entraînement à la mise à mort débutait.

Les larmes que je ne versais pas me consumaient intérieurement. Ma métamorphose était en cours. La Yaya me préparait, m'éduquait, comme auraient dû le faire mes sœurs. Pour que je puisse apprendre à combattre sans l'aide de personne.

Nous échangeons beaucoup sur le régime avec la Yaya, elle m'enseigne l'histoire contemporaine de cette Espagne divisée, dont l'économie gagne en puissance au rythme auquel le peuple s'affaiblit. Moi, j'évite de m'étendre sur mon histoire, parce que évoquer mon passé coupe ma respiration.

— Tu ne reçois pas de courrier de tes sœurs ?
— Elles ne savent pas que je suis là...
— *¿ Dime ?* Personne n'est au courant ?
— Ça me reste en travers de la gorge que mes parents et mes sœurs m'aient guidée vers l'abnégation, l'asservissement. Si je me retrouve dans cette merde, c'est parce que ma vie ne pouvait se construire sans fondations. Notre exil et l'avenir qui nous attendait en France, c'était tout sauf un cadeau finalement.
— *¿ Qué ?* Pas un cadeau ? Pauvre petite chose, on t'a demandé de ne pas parler espagnol en public ? Et quoi d'autre d'aussi dur ? On te privait de dessert quand tu n'étais pas sage ? Tu mériterais d'en prendre une bonne. Je te laisse une chance de m'écouter avant de te dévisser la tête parce que tu es une gentille fille, mais il va falloir

arrêter de te raconter les histoires qui t'arrangent, sinon je te louperai pas. J'y vais ? *¿ Lista ?*

— Oui. Je t'écoute *mami*.

— Alors elle ne te va pas la vie qu'on t'a offerte… *Escúchame*, si tu étais restée en Espagne et que tu avais échappé aux bombes qui ont détruit ta vie d'avant, deux possibilités. La survie de tes parents n'en était pas une, puisque les soixante-quatorze autres membres de leur front ont été butés. Les phalangistes ont même réussi à retrouver ceux qui étaient planqués à l'étranger. Bref, toi, fille de vaincus, « ennemie de l'intérieur », tu aurais été identifiée comme l'une des leurs, donc soit tu aurais été torturée à mort pour obtenir des informations, soit tu aurais vécu cachée, affamée, jusqu'à perdre même le souvenir de tes valeureux parents.

Je reste muette. Une honte glaciale anesthésie ma langue.

— Les gosses de républicains qui sont restés sont morts, ou analphabètes parce qu'ils ont dû se planquer au lieu d'aller à l'école. Les mômes les plus jeunes, les « rattrapables », étaient enlevés et enfermés loin de chez eux, dans des institutions où ils étaient endoctrinés, biberonnés aux valeurs franquistes. La plus petite tentative de résistance était punie par des châtiments innommables. Et ils n'ont pas plus revu leurs parents que toi les tiens !

Les remords me lacèrent jusqu'au sang. Je suis dévastée.

— C'est un acte héroïque de t'avoir envoyée en France ! Tu peux être fière du courage dont a fait preuve ta maman en se sacrifiant sur l'autel de ton futur. C'est ça une résistante.

Je me suis tout à coup souvenue de ma mère, s'entraînant à tirer au fusil dans notre champ de mûriers. Des montagnes de boîtes de conserve que l'on plaçait en pyramide pour elle. De nos rires qui s'enlaçaient quand la dégringolade n'attendait pas la première balle.

— Alors tu vas écrire à tes sœurs, et fissa. Si la réputation dégueulasse d'Antonio a traversé la frontière, imagine ce que tu leur fais subir en les laissant sans nouvelles. Depuis quand tu ne leur as pas parlé ?

— Presque un an.

— *Coño*, il est temps que tu regardes les faits tels qu'ils sont, au lieu de nourrir ta colère avec des fantasmes. N'oublie pas de coder un peu ce que tu écris, sinon ta lettre ne leur parviendra pas. Pas un mot sur les conditions de vie ici, les livres, l'herbe, ce qu'on arrive à faire entrer de l'extérieur. ¿ *Vale* ?

Je n'ai pas écrit ce jour-là, j'ai laissé trente-quatre ans de larmes me noyer. Je ne suis pas allée dîner au réfectoire. Comme si la faim allait me purger de ma bêtise.

À la promenade du lendemain matin, la Yaya a soulevé ma blouse à la hâte pour y glisser un manuscrit. Albert Camus. C'était un livre français que quelqu'un avait traduit et recopié à la main. *La Chute*.

— Si ce bâtard de Clamence a réussi à changer le cours de sa vie, tu réussiras toi aussi.

Nos cages se succèdent, formant un couloir interminable, glacial chemin vers les enfers : la cour et la cantine. Nous sommes deux par cellule. Des lits superposés et un lavabo qui s'actionne avec le pied dans chacune d'elles. Nous avions ça aussi chez Madrina à Narbonne. J'entends les rires enfantins de mes sœurs en comprenant que l'exercice était plus physique qu'il n'en avait l'air, et ma sœur Rita s'acharnant :

— *Coño*, il faut pomper comme un Chinois pour un filet d'eau ! Pensez à alterner les gambettes *muchachas*, sinon nos mollets vont très vite avoir un sérieux problème de symétrie.

Je n'ai toujours pas trouvé la force d'écrire à mes sœurs. Bientôt j'en serai empêchée. Mon premier lynchage ne tarde pas. Pour une histoire de place de douche.

J'avais la tête dans les nuages en entrant dans les sanitaires. Je le sais pourtant qu'on ne prend jamais la douche numéro quatre en partant de la gauche si Dolorès est dans le même wagon que nous. Là, je n'ai pas vu qu'elle était dans mon groupe. Je n'ai rien compris. J'entre dans la douche, et je n'ai même pas le temps d'atteindre le bouton-poussoir que Dolorès me retourne en m'agrippant l'épaule. Elle m'attrape par les cheveux de toutes ses forces et bascule ma tête en arrière. Mes reins se tordent. La douleur m'envahit. Elle prend de court mes réflexes. Elle ramène ma tête vers l'avant, un coup de genou dans mon ventre, la renvoie vers l'arrière pour plus d'élan, et fracasse mon nez contre le haut de son front. On me racontera plus tard qu'elle continuait de s'acharner sur ma carcasse alors que je m'étais déjà écroulée.

Je dois ressembler à une orchidée vue du dessus, allongée au cœur de cette grande tache carmin sur le sol blanc des sanitaires. L'eau qui s'étire en fait évoluer les contours, comme une fleur en proie au vent. Je perds connaissance avec cette dernière image.

Je me réveille dans la petite chambre attenante à l'infirmerie au milieu de la nuit. J'ai mal. Je suis gelée. Au-dessus de mon lit, il y a un gros trou qui donne sur la cour. Pas suffisamment grand pour que je m'y faufile, assez pour qu'il caille dans le cagibi où je me trouve.

Derrière la porte vitrée, une infirmière remplit des papiers. Je ne la connais pas. Je n'ai d'yeux que pour la fumée qui s'échappe de la tasse dans ses mains, et la tranche de brioche posée à côté. Il y a des fruits confits dessus. J'ai faim. Je vais me lever et la supplier. Une seule bouchée contre tout mon argent s'il le faut. L'élan que je mets à me redresser n'a aucun effet. Mon corps est une enclume. J'ai mal. J'essaie d'appeler. Ma voix n'a plus de force elle non plus. L'infirmière quitte sa chaise. J'arrive à tendre un bras, mais encore faut-il qu'elle se retourne dans ma direction pour s'en apercevoir. Je pense au dîner que j'ai raté. J'ai envie de pleurer. Je tente un chétif « *por favor* » qui non sans peine franchit le pas de mes lèvres. Miracle. Elle a entendu et déverrouille la porte. Elle m'assied sur le lit et me pique.

— Ça, c'est un puissant antidouleur.

Elle pose la seringue, se munit d'une autre. Seconde piqûre.

— Tu vas rester là quelques jours. Tu as sûrement des côtes cassées. Le bras gauche aussi. Le reste, je pense que ce ne sont que des hématomes.

Elle me rallonge.

— Je vais voir s'ils ont quelque chose de liquide à te faire avaler au réfectoire. Tu bouges pas, hein ?

Ce trait d'humour lui échappe alors elle l'enchaîne à un demi-sourire pour se rattraper. Cette bienveillance que l'on ne croise jamais ici m'apaise.

La morphine m'embrasse. Je nage dans un verre de lait tiède où fond une bille de chocolat. Une bouchée de la brioche vient d'y plonger. Elle chemine jusqu'à ma bouche. Un ballet de sirènes m'aide à la saisir, leurs coiffes sont des couronnes de fleurs d'oranger. Leur senteur enivrante me fait flotter à la surface crémeuse du liquide. C'est réconfortant. Au point de m'endormir.

J'aurais du mal à dire combien de temps il a fallu à mon corps pour se remettre de la rouste de Dolorès. Je dors beaucoup. Ma peau a pris la couleur des profondeurs de la mer. Le temps est long. Personne ne passe jamais ici. Il faut vraiment que les filles soient à deux doigts de crever pour y être admises.

Chaque matin, la Yaya me glisse quelques mots ou profite de sa promenade pour me faire une courte lecture par le pertuis extérieur avant l'arrivée de l'infirmière :

« Ils ont collé huit jours d'isolement à Dolorès pour le bordel qu'elle a mis. Elle te foutra la paix désormais. La vengeance ne répare pas un tort, mais elle en prévient cent autres », « J'ai un bouquin pour toi. J'ai repensé à ce que tu m'as confié en lisant cette phrase : "La passion que cette mère vouait à son fils s'exprimait, faute d'exutoire, de façon aussi agressive que si elle l'eût détesté[1]." Fais-en ce que tu veux. Bonne journée », « Tu peux faire confiance à l'infirmière. Je t'ai rien dit bien sûr, mais ses parents étaient révolutionnaires. Elle a réussi à se faire embaucher avec de faux papiers, et je crois qu'elle écrit sur tout ce qui se passe ici pour qu'un jour les gens connaissent le sort qui nous est réservé. »

Sans l'astuce de la Yaya pour communiquer, je me serais laissée crever. Même les fois où elle ne balance que quelques mots, ils font des petits qui m'occupent le restant de la journée. Elle n'avait pas exagéré en me disant que je trouverais mon

---

1. Marguerite Duras, *Les Impudents*, Plon, 1943.

salut dans la lecture. Dès qu'elle terminait un livre, elle me le confiait. Mais les mots ne me pénétraient pas. Maintenant qu'elle lit pour moi, de sa langue si habitée, les mots forment des images dans lesquelles je peux sauter à pieds joints. Mon quotidien n'est plus le même. Mes lectures me grandissent. Me permettent d'y voir clair. Je m'y blottis aussi, souvent, volant l'un des rôles pour devenir une héroïne. Je me glisse dans les bottes de Don Quijote. Je retrouve le désir de vivre dans l'espoir d'entendre encore le chant du monde. Tant et si bien qu'à la fin de mon séjour à l'infirmerie, j'enverrai ma première lettre à Cali.

Je vais nettement mieux au bout d'une grosse semaine. Je peux m'asseoir sans aide. L'infirmière désinfecte mes plaies quand, par-dessus son épaule, je vois une nouvelle tranche de brioche sur son bureau. La salive envahit mon palais. Je ne suis pourtant pas encore en capacité de mâcher. Je n'arrive pas à quitter des yeux cette putain de pâtisserie. L'infirmière le remarque. Elle pose le gant qu'elle porte, lave ses mains, et se dirige vers son écritoire. Elle revient avec son café dans une main et la brioche dans l'autre. Elle s'accroupit devant moi. Avec délicatesse, elle prend un petit morceau de gâteau et le porte à ma bouche. Dans la maladresse de mon mouvement, j'attrape le bout de ses doigts avec mes lèvres. J'en oublie presque d'avaler l'objet de ma convoitise. C'est la première fois que je remarque que l'infirmière a des seins. Une bouche.

L'idée de baiser entre ces murs ne m'avait pas effleurée. Je pensais que vivre ici finirait d'anéantir mon goût pour les femmes. Sauf qu'à Ventas, rien ne se passe jamais comme on pourrait s'y attendre. Un corps qui s'éteint sous les coups peut renaître au contact d'un autre, d'un peu de chaleur et d'affection.

Je suis sortie de ma convalescence différente. Alerte. Endurcie. Et accro à la morphine.

Ces semaines de tête-à-tête quotidiens avec la Yaya, même sans nous voir, nous ont rapprochées. Je me sens moins vulnérable. Elle trouve que j'écris bien alors elle me fait rédiger les lettres de détenues pour leur famille ou l'administration. Ça paye mieux que le boulot officiel. Elle choisit ses lectures en fonction de mes envies, de mes besoins. Elle est emmurée dans sa pudeur et ses citations, mais elle est mon guide.

Cali a reçu ma lettre et y a répondu aussitôt. En français pour plus de discrétion. Sans la Yaya je n'aurais pas pu me remettre de cette première missive. Elle débute bien pourtant, par l'histoire d'amour incroyable que vit Cali avec Ernest. Ils ont fondé une compagnie de danse ensemble et commencent même à se produire à l'étranger. Cali dit qu'ils gagnent suffisamment d'argent pour vivre de leur art aujourd'hui. Puis, prenant des pincettes, elle m'explique qu'une perquisition au café a coïncidé avec ma disparition des radars. Le café a été mis à sac, et Rita interrogée pendant des heures. Coup dur pour elle toute cette pression et cette incompréhension. Quelques semaines plus tard, les journaux ont dit qu'Antonio était recherché pour un trafic d'envergure. La presse a nommé les personnes impliquées dans ses magouilles sans me citer, alors tout le village a pensé que j'étais en cavale avec lui. Ma peine se mue en colère.

Antonio… Tous ceux à qui je tiens, ceux qui m'ont aidée à pousser droit ont été inquiétés et choqués. Rien ne serait arrivé si je n'en avais pas fait qu'à ma tête, oui… mais rien ne serait arrivé sans ton impulsion intéressée, *hijo de puta*.

Je lis entre les lignes que Cali minimise l'impact de mes conneries pour me protéger. Ça me ravage. Que suis-je devenue ? C'est moi qui dois te protéger Cali, pas l'inverse, bordel !

Je demande plus d'antidouleurs. Ils ralentissent les errements de ma pensée. C'est tout ce dont j'ai besoin. Déserter. Dormir.

Souvent, quand Franco s'exprime à la radio, les haut-parleurs de la cour le diffusent et les gardiens se rassemblent dehors pour l'écouter. À ces occasions, ils autorisent les détenues à les suivre pour s'abreuver de la bonne parole du Caudillo. Tout est bon pour tenter de faire entrer ses préceptes dans nos caboches. Un silence religieux est imposé. La cour prend de grands airs de sacré. Entre celles qui veulent jouer les cire-pompes et celles qui feraient n'importe quoi pour quelques minutes de soleil en plus, nous sommes peu à rester en cellule. Nous ne croisons jamais les postérieures, il ne faudrait pas qu'elles nous enrôlent avec leurs idées communistes… Mais quand la voix de Franco résonne, les leurs viennent la recouvrir. D'abord elles braillent des slogans révolutionnaires, puis ceux-ci se perdent dans les hurlements de douleur en réponse aux claquements secs des fouets. Pendant ce temps, l'infirmière et moi, rapidement, on couche ensemble. Je récupère de quoi m'anesthésier le cerveau. Elle me ramène et repart. Quand elle ne vient pas, Dolorès me vend de la cocaïne. Si la Yaya apprend ça, elle aura ma peau…

Mon corps a retrouvé sa couleur et sa mobilité depuis longtemps. Je ne viens plus recevoir des soins. Je ne viens plus chercher un dérivatif par le plaisir non plus. La douceur de notre secret s'est évanouie pour laisser s'ancrer chez moi une nouvelle obsession qui révélera ma noirceur : la drogue.

Escouto

Quand la porte de la prison s'est ouverte, je dois avouer que j'imaginais prétentieusement que mes sœurs et Madrina seraient là. Soulagées. En colère, mais émues. La drogue est plus menteuse qu'un arracheur de dents. Mais seule Cali, telle une plume au vent, se trouve dans mon champ de vision. Minuscule face à ce mastodonte qu'est la prison de Yeserías, où nous avons été transférées quand Ventas a fermé. Elle sourit. En me découvrant, elle se met à courir vers moi comme une dératée, enjambant les obstacles sans me quitter des yeux : un missile vers sa cible. J'ai peur du choc de l'atterrissage, mais c'est mal connaître ma nièce. Si avisée. Elle s'arrête net pour me regarder de la tête aux pieds, troublée. Ma maigreur peut-être. J'ai changé depuis sa dernière visite. Pas que physiquement. Puis elle se jette sur moi, enroulant un bras autour de mes épaules et l'autre autour de ma tête. J'ai pensé au nombre de fois où elle m'a demandé « On fait la taille ? », avant de se coller debout contre moi pour m'utiliser comme une toise. Je posais ma main sur son petit crâne et mesurais avec divers repères : « Oulala, tu dépasses le grain de beauté sous mon nombril ma chérie ! », « Mais dis donc, tu as mangé beaucoup de soupe le mois dernier ma *nena* ? Regarde ! Continue, et sûr que la semaine prochaine, tu seras à la hauteur de ma poitrine ! ».

Et ses yeux si excités à l'idée de grandir, alors qu'elle reculait pour jauger la distance entre le sol et ma main restée à plat, renvoyaient la même lumière, la même énergie de l'espoir qu'aujourd'hui.

Sauf que je les regarde d'en dessous les yeux de Cali, ce matin. Une bonne tête de plus que moi à présent. Et ce sont ses bras qui viennent à mon secours depuis sept ans. Les miens furent souvent son refuge, mon oreille un puits sans fond où déverser ses questionnements et ses peines, ma présence une consolation à l'absence de ses parents quand le café débordait de monde. Elle est sensible, ma nièce.

« S'ils travaillent beaucoup, c'est pour te mettre à l'abri du besoin ma Cali. Pour te construire un avenir. Pour qu'on mange à notre faim, pour payer tes cours de danse, de piano… et mes conneries ! » Je savais la guérir de tous les maux. Par le rire. Par mes encouragements pour chacun de ses rêves.

À ses côtés mon existence avait un sens. Aujourd'hui je subis une cruelle inversion des rôles. Je me sens faible, avec Cali dans le rôle du soigneur et moi dans celui que je redoutais le plus de retrouver, celui de l'assistée.

J'ouvre le bal :

— Elles ne sont pas venues les vieilles ?

— Cita, tu as quatre ans d'écart avec ma mère, arrête un peu…, répond Cali, espiègle, sourire vissé aux lèvres.

— Et c'est qui, lui ?

— Ah, mais je pensais que vous vous connaissiez ! C'est Escouto. Il vit chez nous depuis six ans. C'est notre ange gardien. Je te raconterai.

Escouto ? Ça ne me dit pas grand-chose. Et le type reste là sans piper mot.

— Et un bonjour, qui que tu sois, ça t'arracherait la gueule ?

Il ne répond rien. Cali réagit avec un geste désapprobateur. Je voudrais m'enflammer mais je suis éreintée, j'aurais besoin d'une ligne pour me remettre en cannes. La paperasse a été si longue à ma sortie que je n'ai rien pris depuis ce matin. Je tremble. J'ai peur que Cali s'en rende compte, j'essaie péniblement de retrouver mon calme. Et soudain, un flash.

— Tu es le petit Escouto ? Le fils de Violette ?

Escouto esquisse un sourire. Je peine à y croire. Il ne se ressemble pas, bien que mon souvenir soit peu précis. La dernière fois que je l'ai vu il devait avoir douze ans et moi vingt et un. Et dire que je l'engueule parce qu'il ne me salue pas ! Escouto ne sait prononcer que son surnom, bien sûr : *Escota quand plòu*. Quel homme magnifique ! Sa gitanerie lui confère une assurance et une masculinité étonnantes pour qui connaît les failles qu'elles cachent. J'étais sa nounou dès que Violette réussissait à s'échapper de chez elle. Avec Rita neuf fois sur dix. J'acceptais toujours de bon cœur parce qu'il s'entendait bien avec Cali. Je la gardais souvent, et leur complicité me facilitait le travail. Il m'attendrissait, ce garçon. Cali avait cinq ans de moins que lui, mais il avait plaisir à jouer avec elle, à lui apprendre à écrire, et à en prendre soin. Rita disait souvent à Violette : « Il a un grand cœur ton fils. Un cœur pur. C'est un vrai petit père pour Cali. » Chaque fois qu'elle prononçait cette dernière phrase, Escouto partait dans sa chambre. Pour lui, un « père », aussi petit soit-il, c'était une insulte. Il n'avait pratiqué qu'un seul père, alors il imaginait qu'ils étaient tous comme le sien. D'apparence saine, mais impénétrable, agressif, colérique. Sur le visage d'Escouto, je pouvais lire tout ce qui le hantait.

Qu'est-ce qu'il peut bien foutre ici Escouto ? Il a disparu depuis tant d'années... Si je m'attendais à ça. Du jour au lendemain nous n'avons plus eu de ses nouvelles. Il a quitté la maison familiale à l'aube de sa quinzième année sans mot dire. Et je doute même que son père l'ait recherché. Il s'en racontait sur lui à Narbonne. Madrina avait entendu tantôt qu'Escouto était parti avec une riche héritière, tantôt qu'il s'était suicidé. Quand les mauvaises langues ne supputaient pas qu'il était toujours là, vivant caché aux portes de Narbonne à tapiner pour les notables...

Il est venu m'attendre drôlement endimanché Escouto, contrairement à Cali qui de toute façon n'a pas besoin de ça pour être éblouissante. Il a les traits de sa maman maintenant. Quand la Yaya m'a fait lire *Carmen*, j'ai pensé à elle, Violette.

La journée qui s'annonce prend de grands airs. Elle commencera par plusieurs heures dans la 404 avant mon face-à-face avec *La Terrasse* et sa faune.

J'ai des picotements dans tout le corps. Je n'ai rien pu emporter avec moi en partant, foutue fouille de sortie... Je demande à Escouto de s'arrêter au premier bar sur la route.

Le boui-boui qui se présente n'est pas ragoûtant. Nous entrons.

— Tu veux quoi, *cariño* ?

— Une *chufa*, tiens !

— Non mais attends, sept ans de placard... Prends un *tinto* avec moi *mi amor* ! S'il te plaît.

— Cita, j'ai trois représentations cette semaine, le vin ça me rend lourde pendant des jours...

Ma déception est visible. Une petite flèche dans le cœur bienveillant de Cali. Une grande dans le mien, qui la manipule sciemment afin de rendre ma soif moins suspecte.

— Allez, va pour une bière ! À toi ma Cita. À ta deuxième vie qui commence !

Nous trinquons. Escouto d'un verre d'eau. Je bois une bière avec Cali, puis j'enchaîne deux verres de blanc. Cul sec. Le liquide embarque les symptômes du manque pour les emprisonner au fond de mon estomac. Ma face est sauve. Pour quelques heures. Escouto me surveille on dirait. Il semble surpris par ma descente. Cali, déjà grisée, n'y a vu que du feu.

Nous venons de passer Perpignan quand ma nièce demande à Escouto de s'arrêter pour me rejoindre à l'arrière du véhicule. La voiture repart, elle prend ma main.

— Il va falloir être patiente avec Rita et Leonor, *tía*. Si je suis la seule à être venue te voir en prison, ce n'est pas uniquement parce que tu leur as menti... Après ton arrestation, le ricochet a été extrêmement violent. Ernest et moi étions souvent en tournée, donc je ne pourrai pas te donner les détails, mais il y a eu une perquisition au café, je te l'écrivais dans une de mes lettres... Et tous ont dû répondre à des interrogatoires de la police espagnole. Leonor, Madrina, Titougne... même Meritxell. Du coup, le café est resté désert des mois, jusqu'à ce que les choses se tassent... Alors tu imagines à quel point les filles sont remontées ? Et tu vas faire un effort pour qu'elles redescendent ?

Les paroles de Cali s'enroulent autour de mon cou et serrent jusqu'à l'étouffement. Je vomis par la fenêtre. Juste à temps pour ne pas recouvrir Cali de l'expression la plus concrète de ma culpabilité.

Rita a été sortie de son lit manu militari à cinq heures du matin par une armada de policiers. Des flics français et des militaires espagnols. Elle et

André ont été violentés. Escouto rougit de colère à l'évocation de cette brutalité. Seule ma sœur a passé une journée en garde à vue, tous les autres ont été interrogés à brûle-pourpoint au café ou dans le village. Je suis gelée. Pourtant je transpire comme un sprinter. Non je ne veux pas qu'on s'arrête, non ça ne me ferait pas du bien. Un rail de cocaïne pour ne plus voir ma terre tourner au rythme de mes frasques, voilà ce qui me ferait du bien, oui.

Les sept années écoulées n'ont pas pansé le traumatisme, mais je me mettrai à plat ventre s'il le faut pour qu'elles comprennent. Au fond je ne suis qu'une victime, moi aussi.

L'arrivée à Marseillette se rapproche dangereusement. Je repasse un à un tous les protagonistes de ma première vie pour trouver celui qui pourra me ramener de la dope sans en faire tout un foin. Picoler, ça dépanne, mais cela ne me suffit pas à mettre ma vie entière sous cloche. La cocaïne me rend forte, fait tant scintiller le futur que le présent et le passé disparaissent dans sa lumière aveuglante. L'héroïne me soulage différemment. Elle m'aspire vers le tréfonds de l'oubli, là où les pensées se disloquent avant d'être compréhensibles.

Désormais, il va falloir regarder en face le cataclysme que j'ai engendré, sans l'aide d'un psychotrope. Pas le choix.

Le café est fermé. Pourtant il n'est que vingt-deux heures. Nous entrons par la porte de la cuisine. Rita fait les comptes, André et Madrina cousent dans le coin canapé, Leonor coupe des pommes pour faire des tartes. Le silence est aussi lourd que nos appréhensions communes, palpables dès que je franchis le seuil.

En voyant ma maigreur, mes sœurs semblent choquées. Elles répriment un élan presque compatissant et balaient cette émotion d'un revers de manche, pour me servir une colère froide. Le sifflement d'une Cocotte-Minute sur le gaz illustre ce qui frémit en elles. André ne quitte pas son ouvrage des yeux.

Les larmes envahissent mon visage. Je me sens devenir minuscule. Je garde la tête basse et murmure :

— Je suis désolée...

J'ai honte de prononcer ces mots si misérables, face à la montagne de griefs que mes sœurs devront me pardonner.

— Va reprendre une apparence humaine. On parlera quand tu ressembleras à quelque chose. Estime-toi heureuse qu'Escouto ait décidé de te rendre ta chambre…

Mortifiée, je pénètre dans mon antre. Je ne retrouve rien de familier, à l'exception du bocal de Saint-Amaux, toujours plein. Et Coco le perroquet, placé là en attendant que son infection aux yeux guérisse, puisque ma piaule est l'unique pièce du café orientée plein nord.

Je ne parviens pas à profiter de cet instant, obnubilée par le manque. Un sirop pour la toux à base de codéine traîne sur l'étagère. Je bois le flacon d'une rasade et m'endors tout habillée.

Le lendemain matin, je monte dans un bus pour Carcassonne. Je n'ai aucun mal à trouver de la drogue. En abordant des visiteurs qui attendent devant la prison. Au hasard.

Sur le chemin du retour, j'achète des fleurs pour mes sœurs. La cocaïne recommence à ne me faire douter de rien. Ça ne dure jamais longtemps.

— Où tu vas avec tes roses, innocente ? Garde-les, tes foutues fleurs. Ce n'est pas un bouquet qu'il faudra pour nettoyer le chantier que tu as mis, c'est un parterre de fleurs, des tonnes de fleurs !

Trouve autre chose, parce que si c'est en roses que tu comptes te racheter, tu n'as pas les moyens.

Madrina n'est clairement pas prête à accepter mon *mea culpa*. Leonor et Rita encore moins. Je dépose le bouquet sur le pas de la porte de Titougne. Si ça peut le faire rêver à une prétendante cachée...

Je passe les deux premières journées dans ma chambre avec Coco sans oser en sortir. Je sniffe. Je lis. Les cadeaux de la Yaya. Le perroquet me fixe, imitant la voix de Rita : « Chaud ! Trois poulets basquaise ! » Cali m'apporte de quoi manger. Escouto passe me voir. La cocaïne met un voile sur la cruauté des dommages que j'ai causés. J'espère que Leonor et Rita seront contentes de voir que je les ai soulagées de plusieurs heures de travail en faisant tous les sanitaires et chambres de l'étage. Je recommencerai demain.

On dirait que mes sœurs repoussent la confrontation autant que moi. Nous ne pourrons pas nous éviter éternellement. Nous fuyons les sujets où l'émotion pourrait nous prendre en otages. Pas du genre à nous épancher ou à nous mettre à nu dans cette famille. Je le regrette parfois.

On frappe à la porte. Je m'étonne. Depuis que je suis rentrée, à part Escouto, personne ne m'a rendu visite. Mais il ne se pointe jamais à une heure pareille. C'est bien lui pourtant. Je le fais entrer. Il est préoccupé, je le sens. Je lui tends un crayon et un livre.

— Écris là-dessus, je gommerai ensuite.

Tout à coup, cherchant à attirer notre attention, Coco exécute le même mouvement de tête que moi quand je tire une ligne. Avec le bruit du reniflement bien sûr. Il n'en perd pas une, ce con-là ! Le livre et le crayon tombent des mains d'Escouto. Coco répète son imitation une deuxième fois. Puis une troisième. Escouto détache son regard du volatile pour le planter dans le mien avec fureur. Il se met à fouiller mon sac comme un fou, arrache les draps de mon lit, renverse le matelas, déchaîné. Il attrape ensuite mon blouson, en sort la cocaïne, ouvre le minuscule sachet et crache dedans. Il saisit ma main et y dépose le sachet, appuie avec la sienne par en dessous pour ramener le pochon vers mon nez. Je tourne la tête. Je résiste. Il me lâche brutalement et ramasse le crayon et le livre sur le sol. Il écrit : « Je ne te laisserai pas faire du mal à Rita de nouveau. Et à toi encore moins. » J'ai à peine le temps de lire qu'Escouto prend la drogue au creux de ma main, m'agrippe par le bras et me fait traverser le couloir pour me planter devant le grand miroir au fond de l'hôtel. Il me pousse dans les toilettes. Me redonne le sachet, relève la cuvette et dit sévèrement :

— *Escota quand plòu.*

Je jette la drogue dedans. Escouto tire la chasse. Il me fait ressortir en me bousculant. Sa colère ne désemplit pas. Il me prend par les épaules et me positionne face au miroir. Mes yeux embués de honte cherchent ceux d'Escouto pour comprendre ce qu'il attend de moi. Il me secoue de plus en plus, continue à me montrer le miroir. Je regarde. Je ne me vois pas. Il soulève mon menton, sans cesser de me brutaliser, et me force à me regarder. Il me hurle dessus désormais.

— *Escota quand plòu ! Escota quand plòu !*

Je regarde. Je me vois. Cette fois le miroir me renvoie mon image. Crûment. Honnêtement. Je ne me reconnais pas. Je vois la maladie et la mort, qui se moquent de la joie et l'amour devenus des fantômes. Je suis laide. Salie. Pathétique.

Escouto me ramène dans ma chambre. Il sort par la porte qui donne sur la rue et revient avec une corde. Il l'entoure de son écharpe, enroule mes mains dedans, et m'attache à une chaise. Si même avec son aide brutale je ne me débarrasse pas de cette merde, alors je ne m'en débarrasserai jamais.

Escouto partage mon secret avec le docteur pour bénéficier de son aide discrète. Ils annoncent aux miens de concert que je dois être isolée et ne quitter mon lit qu'en cas de nécessité. Je ne sais pas quel est le mal censé m'affecter dans la version qu'ils ont donnée à ma famille. Cali leur a tout dit de mes années d'absence. En neuf heures de voiture pour rentrer de Madrid, j'ai eu le temps de parler librement et de répondre aux questions qui les avaient assaillies, elle et mes sœurs. De La Casa Grande jusqu'à la prison, Cali m'a demandé de tout repasser au peigne fin. Le moment d'échange fut aussi douloureux que puissant.

Cali m'a assuré que mes sœurs avaient compris beaucoup de choses déjà, mais que je devais laisser le temps faire son œuvre. Il faudra que je sois d'attaque pour la réunion de famille qui remettra les pendules à l'heure. Ce ne sera pas facile mais Cali est persuadée que tout s'arrangera plus vite que je ne l'envisage.

Quand j'arrive à sortir de mon lit, c'est toujours pour révéler le meilleur de moi-même. La dope rend stupide, le manque ne fait pas moins. Mes sœurs ne quittent pas leur manteau de froideur face à mes timides approches. Ma maladresse n'a d'égale que mon manque de lucidité. Les substituts n'arrangent rien.

— Pourquoi tu ne lis pas, Rita ? Pourquoi il n'y a pas de livres dans ce café ? Vous pourriez essayer de vous élever un peu...

Rita me pétrifie d'un coup d'œil glaçant. Je me reprends, confuse.

— Pardon, pardon, *mamita*, je suis toujours malade, je suis à cran...

— S'élever avec les livres, c'est un sport de riche. Et la plus grande des richesses c'est la liberté d'utiliser son temps comme on le souhaite. Celle-là, elle m'a toujours fait défaut ! Du coup, je m'élève auprès de mes clients, et m'enrichis de ce qu'ils ont à m'apprendre. Ce qui me va très bien aussi. Et puis *coño*, dans ma chambre, il y a l'intégrale de Shakespeare, reliée !

Je suis mouchée, et ravie. Parce qu'elle ne m'a pas adressé une si longue suite de mots depuis que je suis là. Elle y met l'intelligence et le bagout qui font que je l'admire tant.

— Ah bon ?! Qu'est-ce que tu fais avec l'intégrale de Shakespeare ?

— C'était l'époque où on gagnait bien notre vie, et le démarcheur m'avait fait de la peine... j'avais eu envie de l'aider. Puis je m'étais dit que cela servirait bien un jour ou l'autre. Et regarde, je ne m'étais pas trompée.

— Les seuls livres à disposition en prison étaient destinés à nous broyer le cerveau en faisant l'apologie de Franco, mais mon amie la Yaya me trouvait tout ce que je voulais. J'ai beaucoup lu. Moi qui suis peu causante, et qui ne m'intéressais à rien ni personne, ça m'a permis de rester en vie. De ne pas céder aux idées noires qui m'envahissaient.

Je ne l'atteins pas avec ce que j'ai enduré. En revanche, je crois voir passer une pointe de fierté quand Rita entend que j'ai profité de l'enfermement pour m'instruire. Chez nous, les ruraux, on rêve de pouvoir se targuer d'avoir un intellectuel parmi les siens. Comme si ça légitimait le reste de la famille par contagion.

— Et le livre d'Escouto, tu l'as lu ?

— De quoi tu parles ?

— Moi qui ne m'« élève » pas par la lecture, ben tu vois, je l'ai lu. Et je pourrais parier qu'il n'a rien à envier au rosbif de ma chambre, mon petit écrivain à moi ! Et je pourrais aussi parier que si tu t'intéressais un peu à ce que tu as, au lieu de regarder toujours ce qui te manque, ou nous manque, pour te satisfaire, tu réaliserais que tu n'es pas si mal lotie.

— Tu as raison, et je jure d'y travailler pour cesser de vous accabler de tous mes maux. J'ai conscience de la chance qui est la mienne de vous avoir toutes. Tous... Mais explique, c'est quoi ce livre ?

— Ce n'est pas vraiment un livre, c'est une sorte de journal intime, ou de journal de bord. Il raconte son quotidien sur le *SS United States*, c'est là qu'il était pendant tout ce temps. Et c'est magique comme ses mots nous y emmènent !

Escouto sort de la cuisine tandis que Rita finit sa phrase. Il a forcément tout entendu. Il n'en montre rien.

— *Escota quand plòu*, lance-t-il.

Pour changer. Je ne comprends pas ce qu'il cherche à dire alors j'interroge ma sœur du regard.

— Il a un rendez-vous. Apprends à écouter un peu, Cita ! Les gens en disent plus long avec leur corps ou leur intonation qu'avec leur langue.

— Ça dépend, j'ai spontanément répondu d'un air canaille.

Elle laisse échapper un sourire que j'attrape au vol et qui me donne des ailes pour le reste de la journée.

Quand je retourne dans ma chambre, il y a un nouveau livre sur mon lit. Celui d'Escouto. Dans son carnet il a une écriture délicate, bien plus appliquée que quand il griffonne à la va-vite. Je ne résiste pas à picorer certains passages.

12 novembre 1957, Le Havre.

Ce soir, j'embarque sur le SS United States, *le plus grand et le plus rapide paquebot de l'histoire. Pour fuir le plus vite possible la mienne.*

13 novembre 1957

Il fallait le voir hier, le monstre, trancher l'océan en deux. Majestueux. Invincible. Nul besoin d'user de la force pour imposer sa magistrale présence.

14 novembre 1957

L'équipage est constitué d'environ mille hommes. Les passagers sont plus du double. Le SS US *est une petite Babylone où il ne manque rien, et dont l'organisation est plus précise qu'une partition pour orchestre. Chacun de nous est le rouage d'une mécanique aussi puissante que fragile. Le rythme de la vie à bord est frénétique pour tous, à l'exception des quatre musiciens du groupe de jazz, qui ne doivent jouer que six heures par jour. En dehors des horaires de concert, ils boivent ce qu'ils finissent à peine de gagner... et ils jouent. Je passe plus volontiers mon temps libre avec eux qu'avec mes compagnons de plonge. Leur poésie me fascine, leur musique m'apaise. Ils m'amusent aussi, riches d'une expérience de bourlingue que je n'ai pas encore. Ils attisent ma curiosité. La métamorphose qui s'opère en eux quand la nuit ensevelit lentement le jour m'émeut. Drôles et légers sous le soleil, obscurs et torturés quand le ciel s'hématome. Frank Sinatra. Puis Billie Holiday. Est-ce cette musique qui les a assombris, ou est-ce parce qu'ils étaient sombres que cette musique les a attirés à elle ?*

16 novembre 1957

Les lumières de New York scintillent au loin comme si ma mère s'était scindée en milliers de petites étoiles pour y guider mon destin.

24 novembre 1957

Tout l'équipage va être vacciné contre la grippe asiatique. J'ai reçu mon injection tout à l'heure, et j'ai découvert qu'il y avait un docteur sur le bateau. À temps plein, comme nous. Ça m'a d'abord surpris, puis je me suis dit qu'il n'y avait pas plus logique. Comment ne l'ai-je pas soup-

çonné avant ? *Nous avons deux cinémas et une piscine, d'évidence nous avons une infirmerie. Mais il est si grand notre navire, que nous pourrions y vivre des années sans en visiter certaines parties.*

Le docteur n'en revenait pas de mes compétences quand je lui ai listé le nombre des affections que j'avais soignées seul depuis mon départ. Un cadeau de ma mère. Tout petit déjà, elle m'enseignait en détail comment panser toutes sortes de blessures. À l'arme blanche : « On ne sait jamais sur qui on tombe en ville. » Au chalumeau : « Si tu deviens soudeur... » De la brûlure à la coupure profonde, en passant par les chocs, la migraine, la nausée et les crises d'angoisse, elle avait une recette de grand-mère pour guérir tous les maux. Quand mon père n'était plus parvenu à commettre ses barbaries en silence, j'avais compris ce dont ma mère voulait véritablement me prémunir en me transmettant ses connaissances.

21 décembre 1959

La nuit a été chaotique. Pas un membre de l'équipage n'a fermé l'œil. La houle était telle que nous nous sommes préparés à tous les scenarii. *Sauf celui-ci. Un incendie a ravagé la cuisine, en plein cœur de la tempête. Le SS US a terminé sa course à Southampton et ne rejoindra pas New York avant plusieurs semaines, le temps de tout réparer. Il fallait voir cette foule de mécontents quand nous avons débarqué les passagers... Le bourgeois ne supporte pas qu'on lui résiste, même quand c'est un bateau de trente mille tonnes qui lui impose sa volonté, il va jusqu'à ôter la cuillère en argent de sa bouche pour pouvoir l'ouvrir en grand.*

5 janvier 1960

Le médecin du bateau m'a annoncé que je passerai deux semaines avec lui à l'hôpital militaire de Netley, près de Southampton. J'y commencerai ma formation au métier d'infirmier, et dès le prochain départ, je serai transféré à l'infirmerie du bateau. Quand nous repartirons, avec ce changement de poste, je serai augmenté de trente pour cent !

3 janvier 1961

Louis, le pianiste du groupe de jazz du bateau, me surnomme Blanc-Bec. À côté de sa peau d'ébène, c'est sûr, la mienne semble bien pâle. Il est devenu mon meilleur ami. Lui, il m'aime beaucoup, mais c'est la dope sa meilleure amie. Je vais le sortir de là avant qu'elle ne me le prenne pour toujours, comme la mer avec les marins imprudents.

7 février 1962

La nouvelle s'est répandue comme une traînée de poudre. The Big U, ce soir, aura les faveurs de celle que le monde entier désire. La voluptueuse Marilyn Monroe grimpe à New York et voyagera trois jours à bord. Il y a de la testostérone dans l'air et des crises de jalousie animent le fond des cabines.

8 février 1962

J'ai croisé la star ce matin, entourée des deux nigauds en charge de sa sécurité et de ses caprices. Elle m'a jeté un regard dévorant, intrusif. J'ai détourné le mien. J'ai pensé à Carmen. Il est des sensualités qui se passent qu'on en rajoute. Celle de Carmen, indéniablement.

6 juin 1962

Un maître-nageur originaire du quartier gitan de Narbonne est arrivé sur le bateau. Il a des nouvelles de Rita de temps en temps, peu, mais cela me réchauffe. C'est auprès d'elle et des siens que j'ai vécu les moments les plus doux de mon existence. Sa présence éteignait les feux naissants, son enthousiasme allégeait ma mère, me ravissait. Nous formions une jolie équipe, Rita, André, Cali, Carmen, ma maman et moi. Quand mon père n'était pas là.

Le maître-nageur m'a autorisé à me baigner ce matin. Pari risqué, mais il y avait pas mal de monde, alors on n'y a vu que du feu. La dernière fois que j'ai mis les fesses dans l'eau, c'est à Narbonne-Plage avec ma mère, Rita et les siens. J'avais une dizaine d'années. Cali refusait de lâcher ma main, et moi je rêvais que Carmen me la prenne. Ma mère riait aux éclats en écoutant Rita mimer une scène de je ne sais plus quoi... Je ne me souviens que des larmes de joie sur les joues de Maman, et de ses fossettes, où elles allaient se nicher. Après de premières minutes de pur bonheur, laissant ce bain détendre tous mes muscles, je me suis entièrement abandonné sous l'eau. Là, j'ai eu une crise de panique. J'ai entendu la voix de ma mère chanter mon nom dans un sanglot. J'avais peur d'être à bout de souffle mais tout mon corps refusait de remonter à la surface. Le chant de ma mère, tel celui d'une sirène, me retenait au fond. Louis a plongé. Il m'a porté jusqu'au dor-

toir, ou bien c'est le maître-nageur... Je n'y vois plus très clair ce soir. Pourvu que personne n'ait rien remarqué.

1ᵉʳ novembre 1962

J'aime être sur le pont avant à l'approche de New York. S'ils ont besoin de renfort pour servir les coupes de champagne, j'enfile un costume et je monte jusqu'au débarquement. Je connais chaque point du parcours et pourrais dessiner la carte postale du paysage dans lequel il s'inscrit. Le bateau-phare qui marque la frontière des eaux territoriales de l'Amérique. Puis la statue de la Liberté. Et enfin cette vertigineuse étendue de tous les possibles. Neuf fois sur dix je reste travailler à bord quand nous passons un jour ou deux à quai. Mais hier j'ai déambulé en ville pendant des heures, jusqu'à m'y perdre. L'art et l'argent sont partout. Les disparités et le racisme semblent encore plus présents que chez nous, pourtant tout est en mouvement. Il y a une énergie folle dans l'air, l'atmosphère est inspirante, et l'on peut croiser l'espoir à chaque coin de rue. J'ai regagné le paquebot ivre de liberté.

9 février 1963

Je pense encore à Carmen. C'est toujours son visage qui apparaît, quand, seul sur la passerelle, guidé par une insomnie, je songe à l'idée de l'amour. Je n'y pense jamais comme à un possible... plutôt comme à un rêve ou à un film. Alors j'invoque les dieux de l'océan pour qu'ils conduisent mes pensées à l'autre bout du monde... et c'est encore à Carmen que je pense. À la jeune fille qu'elle fut et à l'enfant que j'étais, que j'ai tué. Au feu qui embrasait mon cœur de petit garçon dès qu'elle entrait chez moi. Au ridicule de mes émois à l'égard d'une adulte qui me dorlotait comme si j'étais un bébé. Au parfum d'eau de Cologne espagnole bon marché de ses cheveux. Je donnerais un rein pour humer cette fragrance encore une fois. Pour revoir Rita et André, je donnerais bien cinq ou six dents...

Nb : il faut que je prenne du recul, je commence à réfléchir comme un pirate. Ahah !

20 mars 1963

Je tremble de tout mon être de savoir que sous mes pieds l'œuvre magistrale de Léonard de Vinci nous accompagne à New York. J'espère qu'elle a le pied marin. Nous voilà encore plus fiers et enga-

gés que lors du séjour du président Kennedy sur notre building flottant. J'espère qu'un jour j'aurai des petits-enfants pour leur raconter ça.

21 mars 1963

Les colosses que le musée du Louvre a envoyés pour garder La Joconde *ont disparu. Les cadavres de bouteilles retrouvés sous le rideau qui la dissimule nous ont mis la puce à l'oreille. Les gardes, fin saouls, sont-ils passés par-dessus bord ? D'autres égarés, avant eux, furent retrouvés de retour au Havre, auprès de vieilles filles richissimes dans les suites isolées. C'est vaste ici, et truffé de cachettes, autant chercher une goutte d'eau dans la mer... Le capitaine n'a dégoté personne à la carrure assez impressionnante pour les remplacer, mais mon vieux Louis a eu une idée de génie. Il lui a confié ses chaussures, en taille 48, et lui a montré comment les positionner sous le rideau afin que les curieux ou voleurs potentiels imaginent le géant caché derrière. Louis a dépensé ce soir le gros billet qu'il a reçu en échange de ses vieilles savates. Au bar. Les musiciens des deux autres orchestres, que l'on ne croise jamais sur le pont supérieur, ont festoyé avec nous. Louis a rincé l'ensemble de la troupe. Il est excessif, et* ça ne s'arrange pas avec les années. Mais en plus d'être dévoué, il a une solution à tout ! Son problème avec le respect des règles lui cause quelques soucis, son appétit pour la bagarre nous en pose aussi, par ricochet. L'amitié qui nous lie est profonde, alors je le prends comme il est.

16 avril 1964

Une odeur de poivrons rôtis à l'ail est venue embaumer ma couchette à l'aube. Mes sens m'ont trompé, j'ai cru que j'avais sept ans et que je me réveillais de la sieste chez Rita, un de ces samedis où ma mère vendait les légumes de mon père sur le marché. Ça m'a tiré quelques larmes de réaliser que j'en avais vingt-deux et que j'avais dû me perdre au milieu de l'océan pour faire table rase du passé.

2 mai 1964

Le capitaine de l'équipe des Yankees a trouvé le jeu de pianiste de Louis si extraordinaire qu'il l'a invité au match de demain. Louis a dit qu'il ne faisait rien sans son esclave blanc, ce qui a fait beaucoup rire les joueurs. Je serai donc au stade avec mon « maître », et me voilà si excité que je n'arrive pas à fermer l'œil.

3 mai 1964

Le Yankee Stadium était en feu. Louis et moi étions assis au milieu des officiels dans la tribune d'honneur, et personne n'a eu l'air de se soucier de nos tenues moins appropriées que les autres. Nous avions emprunté des costumes de service aux collègues. Deux pingouins paumés sous les cocotiers. Personne n'y prêtait attention. Voir plier Washington ce soir est tout ce qui comptait pour ceux qui nous entouraient. La ferveur des supporters est contagieuse, nous étions aussi électrisés que les Américains. NY Yankees : quelle soirée !

10 juillet 1967

Louis a été retrouvé mort dans son lit ce matin. Overdose. Dix ans après avoir posé un premier pied sur ce navire ensemble. J'avais quinze ans. Lui dix-huit. Je n'avais plus rien. Il ne lui restait que la musique. Nous avons grandi sur le SS United States *et découvert le pire et le meilleur de notre monde côte à côte. Nous avons présenté nos anges et nos démons les uns aux autres pour nous comprendre et nous enrichir. Ce voyage sera le dernier. Je rentre dans l'Aude.*

Tandis que je tournais les pages, les mélodies d'Escouto m'ont emmenée si loin que la sensation de manque s'est dissoute telle l'écume sur une plage. Il possède un don particulier pour que le lecteur devienne acteur des images qu'il décrit. Il emporte. Le voyage est dans ses gènes, dans le mouvement il a trouvé une maison qui lui ressemble. Il a échoué à sauver Louis, il réussira à me sauver moi. Toute ma vie, je lui serai redevable, à mon cher Escouto. Toute ma vie.

Il est resté à mon chevet quand j'étais clouée au lit à suer le manque par tous les pores, alors on s'est mis à coucher ensemble de temps en temps. On garde ça pour nous, la différence d'âge ne choque personne quand l'homme a dix ans de plus, mais là…

Avec lui, le sexe, ce n'est pas aussi intense qu'avec Antonio. Quand je baisais avec Antonio je ne pensais qu'à moi. Il savait très bien s'occuper de lui cette pourriture, pas de doute. Je suis moins égoïste quand Escouto m'étreint. Quand je fais l'amour avec lui, je suis avec lui, pas seulement dans mes sensations ou dans un jeu de domination. On n'est pas là pour enfiler des perles non plus, la finalité est claire, mais je fais du bien à un autre que moi. Je rassure. À mon tour.

Avec Escouto, le corps doit dire ce que les mots ne diront pas. C'est peut-être ça qui nous convie à des endroits inattendus où le verbe est superflu. Nos incompréhensions sont souvent source de fous rires. Dans ces cas-là il accepte de s'armer d'un papier et d'un crayon. D'habitude, il refuse l'aide de la plume. Il écrit : « Non. La vie m'a fait comme ça. » Il maîtrise le langage des sourds-muets. Pas moi. Selon lui, l'écrit coupe du dialogue, et c'est encore pire que d'être contraint au silence. Avec moi il rechigne tout de même moins qu'avec les autres à avoir recours au manuscrit, en effet j'ai des arguments de poids, c'est le moins qu'on puisse dire. Escouto en prend grand soin de mes arguments, je crois même être la seule avec qui il partage une intimité. Parfois je parle vite, trop, je me déverse, je monte dans les tours, puis je m'arrête. Net. Je me sens vraiment très conne quand je réalise que je le saoule de paroles alors qu'il ne peut pas me répondre. Je préfère décidément continuer à nous inventer un langage commun, plus poétique même s'il est moins précis, que de déblatérer toute seule.

Avec Escouto, je développe mon sens de l'écoute. J'écoutais la Yaya de toutes mes feuilles. Pour mûrir, m'enrichir. Escouto, c'est pour lui que je prends le temps de « l'écouter », même s'il me fait grandir aussi. Sans lui, tout aurait foutu le camp. Sans lui, ma décadence aurait encore sali ce à quoi je tiens le plus. Au lieu de ça, le souffle providentiel d'Escouto a balayé le pire pour ne nous laisser que le meilleur.

Violette

Au village, personne ne sait pourquoi Escouto ne parle pas. Ou plutôt pourquoi il ne dit que ces trois mots, *Escota quand plòu*. Sauf Rita, et moi, depuis qu'elle m'a raconté les secrets d'Escouto. Rita est une tombe, qui garde farouchement pour elle tout ce qu'on lui confie. En revanche, dès qu'elle est éméchée, inutile de la cuisiner longtemps. Peu de gens le soupçonnent, car elle ne boit quasiment jamais, mais moi, je sais. Quand j'ai voulu en savoir plus sur Escouto, deux verres de vin rouge, et elle m'a tout servi sur un plateau. Elle qui recueille les confidences à tour de bras derrière son comptoir, je prie pour que personne ne devine son talon d'Achille. Et moi je n'abuse pas de mon pouvoir sur elle pour la préserver. Si sa faiblesse est percée à jour, tous se battront pour la faire boire et balancer, alors divorces et incidents diplomatiques pleuvront sur les toits de Marseillette.

Violette, la maman d'Escouto, et Rita étaient comme des sœurs. Une poignée de semaines après la naissance de Cali, Rita et André se sont installés dans l'une des petites maisons ouvrières qui composent ce que l'on appelle le quartier du chemin de fer à Narbonne. L'amitié entre les deux femmes est immédiate. Liées par leur statut de mère, leur isolement, leur solitude, en un rien de temps elles développent une complicité qui peut presque se passer de paroles. Nous sommes en 1948 je crois. Oui, c'est ça, puisque la même année j'entre au lycée avec un an d'avance, plus fière qu'un paon. À six ans je ne parlais pas un mot de français. À quatorze, j'en savais plus que mes nouvelles compatriotes.

Le charmant petit couple qui vit dans la maison adossée à celle de Rita et André élève un enfant unique, comme eux. Le fils de leurs voisins entre dans sa sixième année. Sa maman Violette le présente toujours en le nommant Jules, mais elle l'appelle Escouto, alors nous en faisons autant.

Escota Quand Plòu est né un soir de novembre où la pluie s'abattait sur la clinique au point que Violette avait peur que le toit s'effondre sur elle. Quand l'orage commença à secouer le ciel, elle s'inquiétait tant que son petit s'en effraie qu'elle improvisa une berceuse pour couvrir les grondements de la tempête qui résonnaient jusque dans sa chambre. « *Escota, escota quand plòu. Escota, escota quand plòu, escota, escota.* » (Écoute, écoute la pluie tomber. Écoute, écoute la pluie tomber, écoute, écoute.)

Grâce à sa main droite sur la poitrine, la gauche ne quittant pas son ventre, elle composa une douce rythmique en écho aux éléments extérieurs. L'eau s'écoulant de la gouttière jouait à la noire. Le sifflement des bourrasques dans les cuves du chai adjacent à la maternité marquait les blanches. La tôle du toit craquait à la croche, dédoublant chaque temps, comme pour illustrer l'appréhension de Violette à mettre cet enfant au monde. Tout en fredonnant pour son petit, la future mère songeait aux cultures de ses parents, et priait pour qu'une inondation ne les ruine pas encore. Elle ne les avait pas vus depuis plusieurs années mais n'avait jamais cessé de leur souhaiter le meilleur, contrairement à eux.

Plus les contractions se rapprochaient, plus les angoisses de Violette convergeaient vers un même point. Elle avait tant de craintes pour l'avenir de cet enfant. D'habitude pleine d'entrain pour chacun, là, seule dans cette chambre d'hôpital, elle laissait s'écouler de sa carapace fissurée des rivières de larmes. Lucide sur la réalité qui était la sienne et qui attendait leur fils. Irrémédiablement.

Le père d'Escota Quand Plòu n'était pas là. Il était au comptoir, comme toujours, à se voir refuser le verre de trop par le patron, comme toujours. Quand sa langue s'alourdissait, le taulier lui glissait gentiment à l'oreille : « dernier verre ». Il tentait de protéger Violette de ce mari dont l'alcool décuplait la rage. Les piliers du rade avaient appris à la maîtriser, grâce à ce langage universel qu'est le coup de pied au cul.

Escota quand plòu, c'est de l'occitan. C'est aussi le nom d'un camp de gitans. Violette est née là, et ce fut le premier des drames qui jalonneront son existence.

Violette, née gitane, passa son enfance à se demander ce qu'elle faisait avec ces gens-là. Rien en elle ne semblait répondre aux codes de la vie que son sang lui imposait. Elle n'était ni frondeuse, ni flamboyante, ni sauvage. Elle était plus tendre qu'un baiser sur le front, plus fragile et délicate qu'un pétale de coquelicot. Tout dans son quotidien était pour elle une agression. Dès ses premiers balbutiements, elle devint le vilain petit canard de sa communauté. Elle parla trop vite et trop bien, elle apprit à lire seule, grâce aux journaux récupérés à la décharge, ce qui laissa les siens perplexes et les éloigna davantage de cette enfant qui demandait pourtant peu de soin. Sa soif de culture passait pour de la prétention, sa pudeur pour des manières, et son indifférence à la fête et à l'alcool pour du mépris.

Elle supplia sa mère d'aller à l'école. Malgré l'incompréhension générale, celle-ci accepta, dans le seul but de faire taire sa fille.

— Si tu viens pas m'emmerder à acheter des trucs ou t'accompagner, moi finalement je m'en fous d'où tu traînes toute la journée, tant que tu fais ce qu'il faut ici. Après tout, t'as huit ans, tu fais bien ce que tu veux !

Violette était entrée à l'école menée par le puissant désir d'être nourrie de ce qui lui manquait à la maison : une pointe de considération, une once d'attention, et beaucoup d'instruction. Elle y rencontra ce garçon plus âgé, qui venait tous les jeudis livrer les légumes à la cantine. Pablo semblait avoir été dessiné par les anges. Fin, gracieux, et blond comme une Estrella sous le soleil. Sa timidité était touchante. Au camp, les hommes étaient différents. Tout aveu de faiblesse était proscrit chez les mâles gitans.

Violette fut donc frappée en plein dans le palpitant par cet être céleste. Sans rien connaître de lui et avant même qu'ils aient échangé un mot. Parce que Pablo incarnait la promesse d'un avenir meilleur. Il faut dire qu'avec son air de ne pas y toucher, il mettait ses appâts en place, le pervers. Une fleur du jardin par-ci, un compliment par-là… Il savait très bien ce qu'il cherchait, ce bâtard. Une proie. Quelqu'un qui ne compte pour personne, afin d'exercer son emprise sans être inquiété.

À l'aube de ses quinze ans, Violette lui demanda de l'enlever. Le rapt de la fiancée est une tradition gitane. Par cet acte, les futurs époux annoncent aux leurs qu'ils vont se marier. Les familles ont jusqu'à leur retour pour organiser les noces, soit à peine quelques jours. Un sacré branle-bas de combat pour être dans les temps, et un investissement colossal de temps, d'argent et de cœur pour chaque membre de la famille. Les gitans sont très attachés aux rites liés à leurs origines. Lorsque l'ancrage géographique fait défaut dans l'histoire d'un peuple, les racines trouvent un autre terreau pour s'implanter. Le faste du mariage en est un.

Le retour de la mariée, accueillie comme une reine sous les cris de joie et les chants, est une étape cruciale.

Violette et Pablo, eux, ne sont jamais revenus. Pablo était un gadjo, un non-gitan, alors Violette aurait été sévèrement punie pour une telle indignité.

À peine installée à Narbonne, avec une distance de vingt-cinq minuscules kilomètres pour se protéger des représailles de sa communauté, Violette a compris qu'elle n'avait fait que passer d'une prison à une autre, et qu'il serait encore plus dur de s'échapper de celle-ci. L'acrimonie que Pablo dissimulait surgissait dans son foyer avec l'urgence d'un fauve qui sort de sa cage.

Violette n'aurait pas voulu revenir en arrière pour autant. Si Pablo l'avait obligée à arrêter l'école pour achever de l'isoler, chez eux au moins elle avait huit heures de calme par jour. Certes, la masse de tâches domestiques que lui confiait son mari l'occupait, mais il lui restait du temps pour lire, apprendre, écouter la radio, respirer le silence. Toute l'aigreur contenue de Pablo face à ce qu'il ressentait comme du mépris pour sa condition d'exploitant agricole sans le sou explosait dès qu'il entrait chez lui. En public, il était un mari discret et respectable, ce qui ravivait les espoirs de sa femme, persuadée que l'homme qu'elle avait fantasmé existait vraiment sous ses actes barbares.

Il n'y eut pas que des tragédies dans l'existence de Violette. Il y eut Escouto.

En ce 29 novembre, il semblait ne pas vouloir sortir du ventre de sa mère.

— Tu accoucheras en avance, regarde ton ventre, il est trop bas ce bébé ! disaient le médecin et les voisins, dès le premier trimestre de grossesse de Violette écoulé.

Au lotissement, ils rajoutaient qu'il fallait qu'elle serre les fesses au maximum. Cette technique n'avait jamais fait ses preuves, pourtant elle l'essaya de toute sa foi.

Tous adoraient Violette. Et si l'expression dit qu'on ne sait rien tant qu'on ne vit pas avec les gens, personne n'ignorait ce qui se passait chez elle, malgré son sourire de façade. Malgré ses bons mots et sa drôlerie. Malgré sa légèreté et sa disponibilité.

Violette dépassa le terme de sept jours, mais refusait un déclenchement :

— Tant de choses vont s'imposer à lui tout au long de sa vie, laissons-le au moins choisir la météo qu'il souhaite pour rejoindre ce monde de fous ! répétait Violette aux médecins.

Elle ajoutait :

— Il a le temps ce petit ! Moi non plus je ne suis pas pressée ! Prends tout ton temps mon bébé. Prends ton temps.

Violette était la confidente de Rita. Elle connaissait tous ses secrets. Rita s'épanchait aussi pour faire parler Violette, mais elle n'en obtint jamais que le lointain passé. Le présent n'existait pas pour Violette. Le formuler aurait signifié accepter. La violence. La culpabilité. La peur. Le chaos. Violette ne disait rien, pourtant Rita savait tout. La finesse du mur mitoyen y contribuait. Violette croulait sous les coups dès qu'un grain de sable se glissait dans la mécanique de Pablo. Or, l'existence est une étendue de grains de sable qui vont et viennent à leur guise…

Je revois Rita partir à vive allure au moindre bruit suspect chez son amie. Ma sœur n'eut jamais autant besoin d'être dépannée d'œufs, de sel, de sucre, de clous ou de nèfles, que pendant ces années-là. Tout était prétexte à rompre le cercle infernal, à éviter à Violette un coup de plus ou celui de trop. Rita n'avait pas peur, ou alors seulement pour Escouto et sa mère, quand elle débarquait chez eux. Elle aurait fait n'importe quoi pour que Violette échappe, même quelques heures, à l'asservissement de Pablo. Ma sœur déployait des trésors d'inventivité pour emmener Violette hors de ces murs. Pablo tenait à sauver les apparences, alors il laissait couler les explications parfois drôlement floues de Rita. Au cours de ces escapades qui finissaient au cinéma avec leurs enfants ou en balade le long des barques, soit tout ce qui leur était interdit, ma sœur invitait Violette à lui ouvrir les voies de son cœur. La jolie maman d'Escouto minimisait. Quand Rita insinuait qu'elle devait fuir, elle répétait des phrases toutes faites, telles que « la vie à deux n'est jamais simple », « les gens changent avec le temps », « un enfant a besoin d'un père ».

Lorsque ma sœur acheta le café, elle n'y alla plus par quatre chemins et lui proposa très clairement de partir avec elle :

— Venez avec nous Escouto et toi, *cariño*. Tu peux faire confiance au quartier, Violeta, ils te protégeront. Ils emporteront le secret de notre destination dans leurs tombes si on le leur demande ! Tu sais combien ils t'aiment ici, et personne n'est dupe malgré tes efforts pour dissimuler ce qu'il te fait…

— Je ne peux pas.

— Je sais tout *mi amor*, j'entends tout, je vois les marques sous ton foulard et ton chandail. Tu peux les recouvrir, mais dans tes yeux je les devine. Viens. Dieu seul sait si un jour il ne s'en prendra pas au petit. J'aurai du travail à t'offrir, et une chambre pour vous.

Ni la force de persuasion de ma sœur ni ses plans bien ficelés ne suffirent.

Quatre mois après le déménagement de Rita, Violette mourut des suites d'une « mauvaise chute » à son domicile. Pour Escouto, tout le monde fit le choix douloureux de se murer dans le silence. Comme le disait Violette, un père, si terrible soit-il, ça reste un père, et on n'en a qu'un. C'est physiquement que cette brute réglait ses comptes avec les femmes, en revanche il ne violentait son fils qu'avec des mots. La descendance avait un sens pour Pablo, avoir un fils lui donnait le sentiment d'être un homme accompli.

— Tu sais, il y a plusieurs semaines que je tanne Escouto pour qu'il aille voir son père, dit Rita.

— Mais pourquoi ? Il est toujours à Narbonne ?

— Non, il est à Carcassonne.

— Et comment tu le sais ?

— Ben, si on te le demande, tu diras que tu sais pas.

— Rita, me fais pas ton foutu plan. Surtout qu'il s'est dangereusement rapproché... et il fait quoi à Carcassonne ? Il est remarié ce connard ?

— Arrête de jurer comme une charretière ! C'est pas joli dans la bouche d'une fille.

— T'es gonflée, *mami*, avec ce que tu blasphèmes, toi...

— C'est pas pareil *cariño* !

— ¡ *Mala fe, pura* ! (Pure mauvaise foi.)

Il est trop tôt pour la faire picoler, mais je sais comment lui délier la langue autrement, à ma sœur. Entendre un peu d'Espagne s'échapper de moi, ça la fait fondre. Ça lui donne l'impression que notre peuple laissera une trace ici. Puis elle le dit souvent, de nous trois, je suis celle qui ressemble le plus à notre mère. Physiquement, et parce que je suis la plus écorchée vive. Elle voit notre maman quand je m'enflamme dans notre langue maternelle, surtout maintenant que j'atteins l'âge qu'elle avait quand elle nous a sauvées. L'âge qu'elle avait la dernière fois qu'elle nous a brutalement étreintes, nous enrobant de son amour infini.

— Pablo est en taule, Cita. Et si j'ai bien compté, en déduisant les remises de peine pour bonne conduite, vu que ce serpent sait définitivement tromper son monde… il sort dans deux mois.

— Pute borgne ! Depuis quand il est à l'ombre ? Si c'est pas bien fait pour sa gueule, ça ! Ah ah ! Il a pris pour quoi ? Mais attends, il le sait tout ça, Escouto ?

— *Tranquila mami*… Laisse-moi te conter. Peu après son retour, je lui ai dit que son père était en prison, mais il n'a rien voulu savoir. Dès que j'essaie d'aborder le sujet à nouveau, il tourne les *tacones*. Il y a presque un an, j'ai fait les comptes et réalisé que Pablo sortirait bientôt. Alors face à l'urgence de sa libération, j'ai coincé Escouto. Je lui ai dit à quel point il comptait pour moi et à quel point il pourrait toujours compter sur moi. J'ai mis les formes avant de le pousser à lui rendre visite. J'ai à peine eu le temps de lui glisser que j'étais prête à l'accompagner, pour montrer à cette ordure l'homme merveilleux qu'il était devenu. Ce face-à-face devait avoir lieu. Pour lui. Pour Violette. Et parce que Pablo n'avait que cinquante-sept ans, encore de longues années devant lui pour bousiller d'autres vies. Escouto devait trouver la force d'apaiser l'enfant qu'il avait été et qui ne méritait pas ça. Pour que Pablo mesure ce que Violette a réussi de fabuleux et qu'il n'est pas parvenu à détruire ! J'aurais pu continuer à argumenter des heures, mais il avait déjà quitté la pièce. Depuis le début de mon monologue peut-être… Va savoir. Tu dois m'aider à le convaincre d'aller voir son père, Cita. Avec ou sans moi, il doit trouver le courage d'y aller avant qu'il sorte et qu'on perde sa trace.

Rita dans toute sa splendeur. La demi-mesure, toujours la demi-mesure…

Une semaine s'est écoulée depuis que j'ai discuté du père d'Escouto avec Rita. Je suis perplexe face à la radicalité de ma grande sœur. Pourquoi veut-elle à tout prix provoquer cette confrontation ? Comment peut-elle être sûre que cela n'empirera pas les choses ? Je pense à la Yaya, aux mots qu'elle aurait su trouver pour m'aiguiller. Les certitudes de Rita m'obsèdent, mais je rechigne à me mêler d'une situation aussi délicate. Pourtant ma sœur n'a peut-être pas tout à fait tort.

Je suis en train de rempoter les lavandes sur la terrasse quand Escouto arrive à toute berzingue dans sa 404. Il se gare en plein milieu de la place. Sans couper le contact ni fermer la porte de sa voiture, il fonce vers le café. Dans sa course, il attrape mon bras et me fait voler jusqu'à l'intérieur. Il affiche un large sourire que je ne lui connais pas. Dans le café tout est calme. Un jeudi d'avril. Quinze heures. Nous venons de recevoir le juke-box, Rita met un disque de Nino Ferrer. André, Pedro et Titougne tapent mollement une coinche. Une fois entré, Escouto lâche ma main et court vers Rita. Il la soulève, la serre dans ses bras et la fait virevolter, pieds au vent, au rythme de la musique. Sa blouse danse la joie de son petit Escouto. Je m'aperçois alors que son visage est imbibé de larmes. Rita aussi. Escouto se veut rassurant, avec une moue espiègle. Il lui glisse à l'oreille « C'est toi ! ». Et l'embrasse sur la joue comme du bon pain. « Merci *mami.* »

Ma sœur reste coite. Je ne le suis pas moins, même sans avoir pu entendre le contenu du mystérieux chuchotement. Escouto la dépose sur le sol et reprend son pas effréné dans ma direction. Il agrippe ma taille, me tire vers le fond de la salle, et flanque un coup d'épaule dans la porte de l'hôtel. Nous grimpons les escaliers quatre à quatre vers ma chambre tels des enfants quand il ralentit, enfin certain que personne ne peut plus nous entendre. Il prend ma tête entre ses mains et remonte mon visage vers le sien. Il capture mon regard.

— Carmen. Je parle. Et je voulais qu'après celle qui l'a libérée, tu sois la première à entendre ma voix.

Rita

La voix d'Escouto est suave et tranquille. Bien sûr il bute sur certaines consonnes, reformule pour en éviter d'autres, et je l'aide à les répéter pour parvenir à une prononciation correcte. Mais surtout, il parle comme il écrit. Avec un peu de lyrisme et beaucoup de poésie. Avec humanité et pudeur. Si seulement il avait quelques années de plus, Escouto... Nous aurions fait un bien joli couple.

— Qu'est-ce qu'il s'est passé pour que ta voix se décadenasse, *amorcito* ?

Amorcito. Je suis terriblement gênée d'avoir laissé échapper cette tendresse. Mon enthousiasme vient de faire exploser le cadre.

— Je suis allé voir mon père à la prison de Carcassonne. Il y est depuis presque quinze ans. Quand je suis entré dans le parloir, c'était insensé, tout est sorti. Pas aussi vite que je ne me le figurais. J'ai utilisé les plus jolis mots pour décrire ce qu'il avait. Les plus atroces pour ce qu'il en avait fait.

Il rougit. Il s'entend prononcer ces paroles au ralenti, avec maladresse, et je perçois une pointe de honte amoindrir sa joie.

— Je suis soufflée que tu sois passé de rien à tout en un éclair. Ne te juge pas Escouto, sois fier. Tu viens de soulever seul le rocher qui bloquait la route, tu ne vas pas laisser les gravats qui restent gâcher ce moment ! Continue.

— En partant je tremblais, mais j'ai ajouté que j'avais une situation, un diplôme d'infirmier, et que j'avais retrouvé une famille auprès de Rita. Il a explosé : « C'est cette saleté d'Espagnole qui m'a balancé quand tu es parti ! Elle me menaçait depuis des années, elle m'a même écrit que si je touchais à un seul de tes cheveux, elle aurait ma peau. C'est quoi son problème à cette malade ? De quoi elle se mêle ? Comme si j'allais faire du mal à mon propre fils ! Tu sais ce que c'est la vie ici ? Tu sais ce que je vis ici chaque jour depuis quinze ans à cause d'elle ? Tu réalises maintenant ce qu'elle nous a fait ta Rita de malheur ? »

Les bras m'en tombent.

— Oh putain, c'est ma sœur qui a dénoncé ton père ?

— Oui, répond-il en laissant naître un sourire à la commissure des lèvres. Et moi qui croyais que je n'avais plus de maman…

Je l'embrasse. C'est plus fort que moi. Ridicule aussi. Nous ne nous embrassons sur la bouche qu'une fois nus ou sur le point de l'être. C'est une règle que j'ai avec les hommes. Moi, l'amour, ce n'est pas mon truc, alors grâce à ce code, pas d'ambiguïté possible de leur côté non plus. Mes histoires commencent en entrant dans les draps et se terminent quand j'en sors. Point. Je ne sais pas ce qui me prend cette fois. J'avais aussi eu envie de poser mes lèvres sur les siennes le soir où j'ai fini de lire son carnet. Mais à ma grande surprise, j'étais restée à ma place. Prudente. Un crépitement colore nos joues. Escouto n'a pas l'air de trouver ce baiser si étrange pourtant. Pour ne pas lui laisser le temps de remarquer mon embarras, je trouve une échappatoire.

— Viens, on va cuisiner Rita. Je brûle de connaître les détails de cette histoire.

Inutile de tirer les vers du nez de ma sœur, elle est déjà en ébullition, tel un leader politique face à son assemblée de partisans.

— Il a un timbre très grave finalement. Ce n'était pas flagrant tant qu'il ne disait que son nom, mais il est très viril. Sa diction sera fragile les premiers temps, il doit encore former son palais, muscler sa langue... Mais ça lui donne un charme fou cette voix profonde qui tranche avec sa prononciation encore brinquebalante.

Leonor et Madrina ouvrent de grands yeux ronds. Titougne répète qu'il n'en revient pas. André, impassible, semble toutefois tendre l'oreille. Pedro, euphorique, valse en entraînant Cali dans ses pas.

— Non mais quel numéro ma mère ! Pedrito, je te jure, avec elle, l'ennui ne sera jamais à nos trousses.

Tous se pressent vers *La Terrasse*, comme si ma sœur avait déjà publié la nouvelle. Réactions et questions s'entremêlent dans une joyeuse cacophonie. Personne ne nous voit entrer par la porte du fond, Escouto et moi. Depuis notre position, nous sommes au spectacle. Nous avons quitté un café vide quelques minutes plus tôt, et voilà qu'il grouille suite à la prouesse d'Escouto.

— Oh, alors c'est quoi ces conneries ? Titougne dit qu'Escouto n'est plus muet !

— Mais enfin, il a jamais été muet Escouto, puisqu'il disait son surnom, patate !

— Alors, Escouto parle ? Mais qu'est-ce qu'il s'est passé ?

Le téléphone arabe aurait décidément pu s'appeler le téléphone espagnol.

Escouto est un peu gêné d'être au centre de l'attention, mais ce bain de joie pure, témoignage infini de l'amour du village, lui donne des ailes. À Marseillette, la honte peut nous effleurer mais peine à prendre corps. On assume pleinement ce que l'on est, et ce que l'on n'est pas. Surtout entre nous.

Je contemple la scène, l'émotion qui jaillit de toutes parts me submerge. Il y a bien une paire de commères malintentionnées que cette savoureuse matière à ragots et moqueries aimante. Mais même celles-là finissent par se réjouir en continuant à médire :

— C'est bien pour ce pauvre petit... m'enfin, vu qu'il n'est jamais à la messe, je serais pas étonnée qu'il fricote avec les cabourds qui pratiquent la magie noire, pour provoquer un tel miracle.

Rita emportera ses secrets et ceux qu'on lui a confiés jusqu'au purgatoire. Mais elle avait donné quelques indices pour attirer la bienveillance des villageois sur Escouto quand il a ressurgi au café :

— Il mérite ce gosse, il revient de loin le petit Escouto, vous savez... et je ne parle pas que de géographie.

Elle avait fait taire les railleries sur son langage à trois mots.

— *Coño*, il est plus facile de comprendre ce qu'Escouto veut dire avec ses trois mots que vous avec cinq cents ! Alors *callaos* !

Je me tais. J'observe. Me délecte. Les bouteilles de blanquette de Limoux surgissent et Madrina aligne sur le zinc les verres favoris de Rita, ceux que l'on ne doit sortir que pour les grands événements. Elle sait que pour ma sœur, Escouto mérite ça et bien plus encore. Je pense à Carmelo. Au bonheur qui aurait été le mien de rester prendre soin de lui, de l'aider à devenir un homme. À son baiser quotidien sur mon front avant de rejoindre Antonio pour s'entraîner.

— *¡ Mejor desayuno del mundo, mamita !* (Meilleur petit déjeuner du monde, petite maman !)

Il me manque tellement.

Rita murmure à l'oreille de Cali qui écarquille ses billes de jade. Je les jalouse. Ma sœur donne probablement à sa fille les clés qu'il me manque encore pour comprendre ce prodige. Escouto accueille les poignées de main et fait le cadeau d'une démonstration de sa voix à chacun. Il lui faut une demi-journée pour prononcer une phrase avec fluidité, mais il s'applique et son vocabulaire est soigneusement choisi.

Je m'éclipse de cette scène de liesse pour ne pas afficher mon trouble. Il me faut un long moment pour me ressaisir. Qu'est-ce qui peut bien me mettre dans un état pareil, moi qui ne pleure jamais ? Je retourne en salle.

— André, tu peux passer derrière le comptoir s'il te plaît ? Escouto et moi, nous devons discuter avec Rita.

André fait un signe que je traduis par « C'est bon, tirez-vous ».

J'attrape le poignet de Rita, interpelle Escouto qui avance déjà dans notre direction. Je leur propose d'aller marcher le long du canal, soucieuse qu'Escouto puisse reprendre ses esprits et recevoir les pièces manquantes du puzzle.

— Bien sûr que j'ai fait un faux témoignage ! Mme Balfet et l'Oulivo aussi ! En mémoire de Violette, le quartier s'est soudé. Une union sans faille, digne d'un maquis communiste ! J'ai milité pour !

Sans la preuve que Pablo avait porté un coup fatal à ta mère ce jour-là, on n'aurait jamais réussi à le faire inculper... Surtout des années après les faits.

— Pourquoi tu ne l'as pas fait plus tôt alors, si tu étais certaine que c'était Pablo qui l'avait tuée ?

— Pour protéger Escouto, à la façon de Violette. Tu n'as jamais vu de tes propres yeux la violence de ton père, n'est-ce pas ?

— Non. Je l'ai seulement lue sur le visage de ma mère.

Escouto nous raconte qu'on l'enfermait à double tour dans sa chambre à l'étage en cas de crise. Son père était trop vicieux pour prendre le risque d'être démasqué. Escouto faisait semblant de ne pas entendre, de ne pas le craindre. Il feignait même de l'aimer parfois, afin que sa fierté l'apaise suffisamment pour que Pablo laisse Violette tranquille... Mais il savait. Aux marques criantes sur le corps meurtri de sa maman, qui s'étalaient au-delà des mètres de tissu dont elle se recouvrait. À la détresse au fond de ses pupilles, aussi, que son sourire clair ne parvenait à dissimuler.

À cette pensée, Escouto s'arrête. Il prend ma sœur dans ses bras, l'étouffe de gratitude. Rita lui rend son étreinte. Elle donne chair à l'absente. Elle lui caresse la tête. Elle devient le coffre où il doit désormais déposer ses regrets. Après une ribambelle de mercis enchevêtrés dans les sanglots retenus d'Escouto, Rita coupe court.

— Tu as passé trente-quatre ans à dire trois mots, et te voilà bloqué sur un seul ! Arrête avec tes mercis, replace plutôt ta langue pour prononcer correctement tes p, là ils ressemblent à des b ! Si tu veux pouvoir répéter mes jurons, il va falloir s'entraîner… parce que « *Buta madre* », ça ne vaut pas un caramel !

Nous rions tous les trois. Je me dis que le monde peut bien mal tourner, nous, nous aurons toujours ça. Ce fil invisible qui se tisse dans nos rires, et qui, de querelles en incompréhensions, de gages d'amour en réconciliations, se renforce toujours.

Rita nous a demandé de nous asseoir près d'elle sur le banc face au cimetière et s'est libérée de ce secret qu'aucun n'aurait pu imaginer. En fine psychologue, elle commence par les bons souvenirs de son amitié avec Violette. Nos mollets tout griffés quand Rita nous emmenait en promenade dans les Corbières. Nos baignades dans les sources dont la température glaciale ne nous faisait ni chaud ni froid, parce qu'un vent de liberté en balayait les morsures. Mais il faut bien en venir aux faits. Après le départ de Rita à Marseillette, Escouto se souvient d'avoir vu sa mère se fragiliser de jour en jour. Ma sœur l'avait aussi remarqué, puisqu'elle continuait à lui rendre visite tous les premiers mercredis du mois. Tous. Sauf le dernier. La veille, Violette semblait inquiète au téléphone. Elle a demandé à Rita de ne pas passer ce mercredi-là.

— Pablo n'est pas facile en ce moment. Le gel a ruiné ses récoltes, il passe beaucoup plus de temps à la maison. Tu sais comme il est fier, et exigeant aussi, alors avec tout ça...

À l'enterrement de Violette, personne parmi les âmes du quartier n'a salué Pablo. Tous avaient « un petit quelque chose » fait avec le cœur à l'attention d'Escouto, en revanche. Un sac de beignets, un tricot, un livre, un baiser sur la tête, une tape tendre dans le dos. C'est là que Rita a décidé de mettre la pression sur Pablo, par peur pour le petit Escouto qui n'avait qu'une dizaine d'années. Elle lui a jeté au visage qu'elle avait accompagné Violette chez le médecin à diverses reprises, obtenant plusieurs attestations de coups et blessures, et que s'il ne devenait pas un père digne de ce nom pour Escouto, ça finirait chez les flics. C'était faux. Il ne faisait pas le malin, là, le *pendejo*. Je l'aurais défoncé moi, ce monstre, si j'avais su à l'époque.

Après les funérailles, chaque premier mercredi du mois, Rita venait devant l'école d'Escouto. À l'heure de la récréation, à travers les barreaux du portail, elle lui glissait une friandise et lui demandait de ses nouvelles. Ça me rappelle le trou dans le mur qui permettait à la Yaya de me parler pour m'aider à tenir le coup quand je me suis fait éclater la gueule. Il suffit d'une toute petite brèche pour s'engouffrer dans la lumière.

Escouto est un homme neuf depuis qu'il parle, même physiquement il a changé. Ou alors c'est moi qui le vois différemment après ces années à partager plus souvent le pire que le meilleur. Depuis qu'il a provoqué et accompagné mon sevrage, je sens qu'Escouto n'a plus rien de l'enfant fragile que j'ai connu. C'est un bonhomme, notre matelot, maintenant qu'il est en pleine possession de son histoire.

Escouto et moi sommes toujours amants la nuit, mais c'est devenu autre chose. Rien de signifiant, mais autre chose. Au grand jour, nous sommes amis, car là, nous pouvons assumer nos neuf ans d'écart aux yeux de tous. Notre relation est douce, alors j'en profite en attendant de trouver le bon. J'aimerais tellement rencontrer quelqu'un avec qui ce serait une évidence. Sans que j'aie besoin de faire un choix. Un homme plus âgé peut-être, d'expérience. J'ai un peu fait le tour des gars d'ici, il faudrait que je hisse les voiles. Intelligemment cette fois.

J'ai l'impression que ma sœur a deviné pour Escouto et moi, mais elle ne dit rien. Peut-être compte-t-elle sur lui pour me retenir ici ? Parce qu'à long et moyen terme, ça lui ferait sûrement des vacances de pouvoir garder un œil sur moi.

Je rentre vannée après quatre heures de voiture. Nous avons célébré les vingt-neuf ans de Cali, et elle a raté son train pour rejoindre le bus de tournée qui part de Montpellier à l'aube demain. Alors à dix-huit heures, j'ai pris la 404 d'Escouto pour les amener, elle et son amoureux, à la pension de famille où ils étaient logés pour la nuit.

En la regardant souffler ses bougies ce soir, j'ai songé que je n'avais pas fêté mes quarante parce que je peinais à me sortir de la dope à l'époque et que je devais rester loin des tentations. J'ai souri en pensant que Cali n'avait rien gâché de son temps et de ses chances jusque-là. Qu'elle avait déjà accompli et construit plus que nous toutes réunies. J'ai espéré que nos erreurs d'aiguillage l'avaient aidée à aller droit au but, elle. Et je m'en suis réjouie.

De retour de Montpellier, je m'étonne que le café soit encore allumé. Mes sœurs et Madrina sont derrière le comptoir et il y a seulement un gars imposant au bout du bar, face à elles, affalé sur un tabouret. Ça flaire le lourdaud qui squatte et empêche de fermer à plein nez. En m'approchant de *La Terrasse*, j'hésite à rejoindre directement ma chambre pour éviter les prolongations, quand je vois qu'Escouto est là aussi. Ça me fait quelque chose de l'apercevoir alors que je ne le pensais pas au café. Étrange. Depuis le temps que je n'ai pas dormi seule, j'appréhendais de le faire ce soir. Cali est partie pour trois mois, et même à mon âge, je continue à souffrir de ses longues absences. En me repassant le film, j'ai peur tout à coup. Déjà trois ans que je suis rentrée, autant d'années passées dans les bras d'Escouto. C'est trop. Je vais esquiver ma clique ce soir, c'est mieux comme ça. En bifurquant sur la droite, j'entends que mes sœurs parlent en espagnol. Je vois Escouto rire à gorge déployée. C'est assez rare. Alors j'entre finalement. Je connais cette voix. Et cette odeur de patchouli qui emboucane me redonnerait l'odorat.

— Enfin te voilà *flaquita* ! L'attente est plus dure à supporter que le feu. Trois ans sans te voir, huit heures de route pour te retrouver, et maintenant que je suis là, il faut encore que j'en passe quatre à t'attendre ! *¡ Dame un abrazo, pendeja !* (Embrasse-moi, connasse !)

La Yaya. Libre ! Et chez moi ! Elle n'a pas changé d'un iota avec ses citations au kilo.

— Non, nous d'abord, affirment en chœur Leonor, Rita et Madrina.

Cela me laisse interdite. Pas longtemps. Je les reconnais enfin mes femmes. Je lis le pardon, la compassion... et retrouve l'amour inconditionnel qu'elles me vouaient avant que je ne me perde. La Yaya a dû tout détailler. Y compris ce que j'avais omis afin de protéger les oreilles de ma Cali. Et de ne pas affecter davantage mes sœurs. La faim. L'odeur. La crasse. Les coups bas des matons. Les coups tout court.

— Un bonheur n'arrivant jamais seul, je viens, tel Hermès, te déposer une lettre de ton petit Carmelo. Il t'a écrit toutes les semaines depuis que tu as été arrêtée, mais son courrier ne t'a pas été transmis. J'ai sorti la dernière de la poubelle devant la prison. Et Guapita, qui passait par là, a reconnu l'enveloppe bleue, c'est elle qui m'a dit qu'il y en avait eu une presque toutes les semaines. Tu as vraiment un destin, toi ! Ou une bonne étoile, qui a perdu ta trace pour mieux te retrouver. En tout cas, si tu avais fermé ta grande gueule au lieu de traiter la *señora postal* de *coña malparida*, tu les aurais eues, toutes ces lettres !

— Carmen ! s'insurge Rita en me regardant de travers.

— Oui, bon, trop tard…

Je tremblote en saisissant la lettre.

— Tu l'as lue ?

— Évidemment ! me répond la Yaya avec un sourire jusqu'aux oreilles.

Querida mamita,

Je continue de t'écrire même si je doute que tu reçoives mes lettres. Je suis toujours au pays où les toreros ne tuent pas. C'est aussi pauvre que chez nous et les toreros y sont adulés. Ma femme a accouché et notre fille s'appelle Carmen. Je te mets mon adresse au dos de ce mot, comme toujours. Dans l'espoir qu'il te parvienne et d'avoir de tes nouvelles. Je suis si désolé.

Un abrazo. Gigante. (*Une embrassade. Géante.*)
Carmelo.

Rita a fait un signe de tête aux autres pour les engager à me laisser vivre mes retrouvailles avec la Yaya en toute intimité.

— *Tu, te quedas con nosotras. Tomate la habitación número tres, está vacía.* (Tu restes avec nous. Prends la chambre 3, elle est vide.)

Rita ne lui laisse pas le choix, et la Yaya l'accepte sans rechigner. Peur de rien ma sœur, si elle connaissait les antécédents du boulet de canon, elle prendrait des pincettes.

— Tu veux les bonnes ou les mauvaises nouvelles d'abord ?

— Je veux tout ! Dans l'ordre que tu veux ! Mais parle-moi de toi pour commencer. Comment as-tu fait pour sortir ? Il te restait bien quinze ans à tirer quand j'ai quitté Yeserías.

— Ma sœur est toujours mariée à son connard de franquiste, *¿ te acuerdas ?* Elle a fini par lui pondre un minot... et ce gosse m'a sauvé le cul. Ma sœur a fait avaler à son jules que son marmot devait grandir en famille, selon la tradition, alors figure-toi qu'en plus de m'avoir fait sortir pour en devenir la nourrice, je suis nourrie blanchie dans une chambre de bonne près de chez eux. Et pour un boulot que je ne fais pas ! Ma sœur n'arrive pas à lâcher son bébé d'un chausson, alors elle n'a pas besoin de mon aide. Puis je dois avouer que moi, les gamins, ça ne m'a jamais passionnée...

— Les miennes de sœurs, je les ai séchées quand elles ont vu que j'avais chopé le virus de la lecture ! Merci pour ça *mami*, rien ne me lave la tête autant que de lire, et ça m'a souvent évité d'imploser depuis que je t'ai quittée ! D'ailleurs nous avons un écrivain ici. Qui s'ignore encore, mais un grand auteur quand même. Escouto, le garçon qui était là et qui parle bizarrement. J'espère qu'il m'autorisera à te montrer ce qu'il écrit... Tu adoreras voyager dans ses mots, j'en suis sûre ! Et l'infirmière d'ailleurs ? Elle a écrit sur la prison finalement ?

— Elle n'est plus à Yeserías. Elle est partie quelques mois après toi. J'ai pas plus d'informations.

La Yaya noie le poisson, je la connais comme si je l'avais faite.

— Te fous pas de moi, je sais que tu sais.

— ... Elle s'est fait choper. Ils ont trouvé toutes ses notes sur nous, et sur la qualité de la vie carcérale sous Franco. Les flics sont venus la chercher, et personne ne l'a jamais revue. Aucune trace, ni dans les hôpitaux ni dans les autres prisons, et encore moins dehors. Je sais que Guapita a eu le temps de récupérer les écrits de l'infirmière après sa rafle. Un jour peut-être...

Je laisse les souvenirs m'envahir, ils brûlent comme de l'acide. Écouter les histoires de ces murs me ramène à l'intérieur, je reste forte.

— Et Antonio ?
— Devine.
— Perpète ?
— Mieux que ça.
— Il n'y a rien de mieux que ça.
— Ah si ! Antonio, couic, réapparu dans une boîte. Emballez, c'est pesé.
— Comment ça ?
— Il a fini là où tout a commencé. On l'a retrouvé dans la cour de La Casa Grande, la carcasse criblée de balles. Une vraie passoire. Un acharnement signe de vengeance, mais on n'a pas pu trouver l'assassin pour le remercier. On ne comptait plus les mafieux qui voulaient sa peau dans la tauromachie...

Je ne parviens pas à me réjouir. Il méritait autre chose ce connard. De bien plus violent.

En allant me coucher, je songe à ma chance et je me jure de ne plus jamais oublier de la regarder bien en face. C'est elle qui m'a ramenée ici saine et sauve, elle qui a conduit la Yaya jusqu'à Marseillette, elle qui a orné mon chemin de belles âmes pour que les détours ne soient pas vains.

Cali et son amoureux sont rentrés de tournée avec une surprise pour nous. À peine arrivés, ils ont tenu à réunir toute la famille et le reste de la tribu pour nous annoncer une nouvelle importante. Le temps de nous rassembler, les spéculations vont bon train. Rita et Leonor parient sur un mariage. Incongru quand on sait que ces deux-là sont fous l'un de l'autre depuis presque quinze ans et n'ont jamais évoqué l'envie d'un maire ou d'un prêtre pour acter leur amour. Moi, je penche plutôt pour un prix de danse international ou l'intégration d'une compagnie prestigieuse.

— Nous avons décidé de ne plus partir en tournée. Pour une grosse année, au moins. Nous n'accepterons que les représentations proposées dans un rayon de cinquante kilomètres. Nous avons largement de quoi voir venir. Christiane nous louera le premier étage de chez elle. Pour une bouchée de pain d'ailleurs, quel amour.

— Ah bon, tout est organisé avec Christiane, et nous, on l'apprend après la bataille ! Tout le village sait ce qui vous concerne avant nous comme ça, ou c'est exceptionnel ? Merci *cariño*, ça fait toujours plaisir !

Cali est amusée par la réaction de sa mère, ce que cette dernière n'apprécie pas. Et une Rita vexée, c'est un enfer sur terre. Je crains les prochaines heures, voire les prochains jours...

— Je peux finir, Mama, avant que tu réussisses à monter dans les tours le moteur éteint ? Nous pensons tous les deux que certaines choses méritent d'être vécues en famille...

Elle ouvre son manteau, et apparaît une bosse de la taille d'un melon espagnol, qui a sur chacun de nous le même effet. Instantané. Une attraction magnétique. Par l'aimant le plus puissant qui ait jamais été fabriqué. Nous autres, vulgaires bouts de ferraille à la merci de ce merveilleux cadeau.

Je comprends désormais pourquoi Cali tenait tant à vivre ces mois auprès de nous.

Je n'ai jamais vu couler autant de larmes qu'hier, lors de ses funérailles. Le sol du cimetière en était humide comme après un orage d'été, pourtant le soleil brillait, à croire qu'elle le nourrissait de sa lumière depuis le ciel à présent.

Le café est englouti par le chagrin. Nous sommes nombreux. Les regards se perdent dans le vide sans parvenir à se rencontrer. Le parfum amer des souvenirs coud nos bouches pour mieux se propager en nous. Seul Coco, qui répète « Cali » en boucle depuis six jours, vient trouer le silence pour mieux nous anéantir.

— Tu as grossi Carmen, non ? me demande Leonor.

— Oui. ¿ *Y qué* ? T'as de ces réflexions, toi !

— On n'a rien avalé depuis presque une semaine toutes les cinq. On fond à vue d'œil, et toi, tu grossis. C'est bizarre, c'est tout.

— OK, Dieu ne m'a pas dotée d'une morphologie aussi parfaite que les vôtres, mais c'est vraiment un sujet, là, ici, maintenant ?

— Excuse-moi, c'était juste pour parler.

— Au balcon, on se presse aussi de plus en plus, Cita, tente de plaisanter Madrina pour calmer le jeu et les abeilles naissantes.

Rita en rajoute une couche. Celle de trop :

— Tu fais pas de la rétention d'eau ? Ton mollet gauche est très enflé on dirait. Tu marches assez ?

— Vous allez me dépecer longtemps comme ça, les *viejecitas* ? Oui j'ai un mollet enflé, vous savez quoi, j'ai même des brûlures d'estomac, dont je découvre les joies pour la première fois de ma vie. Passionnant, non ? Donc, j'écoute ! Vous voulez un état des lieux complet pour établir un régime adapté ? Mais qu'est-ce que ça peut vous foutre que je sois ronde, grosse ou obèse, merde !

Les œillades fusent tout à coup entre mes femmes, pour achever de concert leur déambulation sur ma potelée petite personne.

Rita se lance, tête baissée :

— Tu as tes règles ?

Un ange passe. Un démon le suit de près.

— Mais bien sûr ! Je rêve, à quarante-quatre ans tu me crois ménopausée ? Tu crois que c'est ça, ce bordel en moi dans tous les sens ? L'effet à retardement de mes années... de mes années d'excès plutôt ! Oh puis vous me fatiguez avec vos conneries.

En sortant j'entends Rita et Madrina chuchoter :

— Tu crois qu'elle est enceinte ?

— Autant que je crois en moi !

Et le moment de se clore dans la stupéfaction générale.

Épilogue

— Ah oui Carmen, tu es enceinte, et bien enceinte même, à en croire tes examens ! a confirmé le médecin. Je vais t'envoyer à l'hôpital de Carcassonne pour dater, ils viennent de recevoir le premier échographe du département. Il y a un peu d'attente mais il paraît que c'est spectaculaire. Tu... tu sais qui... tu... tu comptes le garder ?

— Je prends la pilule, j'utilise des préservatifs, et j'ai quarante-quatre ans, ça n'a pas pu arriver, docteur !

— Tu sais Carmen, la nature décide plus souvent qu'on ne le croit, n'ayant cure de ce que les médecins ont étudié et prouvé.

Je n'ai pas souvenir d'être montée dans la voiture ni d'avoir conduit jusqu'à Narbonne. Pourtant c'est là que je me retrouve. Assise sur un banc dans les jardins en face de l'immeuble de Madrina. Aussi paumée que lors de mes premiers pas sur ces pavés.

Jamais je n'ai envisagé de devenir mère. Mon ventre grossit à vue d'œil. Mes seins aussi. J'étouffe dans mes vêtements. Escouto écrivait qu'il aimerait avoir des descendants pour leur raconter ses souvenirs de marin. De là à écoper d'une vieille en guise de mère pour les faire grandir. Madrina, mes sœurs... apprendre d'un coup d'un seul que je couche avec Escouto et que je porte son enfant, ça va les achever. Leonor s'affolera du regard des autres, Rita avancera que je ne mérite pas un bon garçon comme lui, Madrina, elle, invoquera sûrement que j'ai le feu au cul donc qu'un jeune c'est mieux pour moi, plus vigoureux. Je caresse mon ventre. Est-ce que cette petite chose qui s'est invitée là-dessous aura la peau aussi douce qu'Alma le bébé de Cali ?

J'entre dans une cabine pour appeler Escouto à l'hôpital où il est infirmier.

— Tu termines à quelle heure ? Ne prends pas le bus, je pars faire des courses en ville, je viendrai te chercher.

J'ai repris la route de Marseillette, jusqu'au café. Fébrile.

— Tu as été chez le docteur ? Qu'est-ce qu'il t'a dit ? demande Rita.

— Moi, j'ai parié sur une ménopause précoce. Je crois que Maman avait eu ça aussi, ajoute Leonor.

— Non mais c'est bon là, vous gênez pas surtout. Partagez vos questionnements sur mon appareil génital avec tous les clients !

Madrina et mes sœurs rougissent de leur manque de délicatesse.

— André ! crie Rita, viens prendre le relais ! Cuisine ! ajoute-t-elle à voix basse à mon attention.

J'emboîte le pas des filles. Je m'assieds à côté de la Yaya, avachie dans le canapé. À ses pieds, Alma gazouille dans un couffin.

— Allez *cariño*, raconte, tu as un souci de santé ?

— Non. Enfin si. Pas de santé… mais un souci, oui.

Elles sont suspendues à mes lèvres. Je n'arrive pas à me lancer. La Yaya m'aide. À sa façon.

— Accouche Cita, on va pas y passer la nuit !

Je prends ma respiration tel un plongeur avant d'attaquer une apnée. C'est sûr, elles vont me crever !

— Je suis enceinte.

Chœurs de l'Armée rouge ou fanfare de La Nouvelle-Orléans, dans une synchronicité parfaite, les quatre rétorquent :

— Escouto !

Le « Escouto » de la Yaya est interrogatif. Celui des trois autres beaucoup plus affirmatif. Tous chargés d'une joyeuse excitation. Dans la foulée, Rita sort un billet de son soutien-gorge. Leonor ôte l'un de ses bracelets fantaisie. Et d'un air dépité, elles les tendent à Madrina. La canaille range son butin dans les poches de sa blouse avec malice.

— Pourquoi tu prends cet air coupable *cariño* ? C'est magnifique ce bébé qui tombe du ciel pour te montrer la route !

— Je ne me suis jamais imaginée mère, moi, contrairement à vous. Ni en couple avec Escouto. Qu'est-ce qu'il va en dire, lui, de cette histoire ? Il va être si choqué que sa parole pourrait repartir !

— Déjà, laisse les torchons avec les torchons, moi je ne suis pas mère et je ne l'ai jamais souhaité ! Je suis une femme libre, alors je te comprends ! se défend Madrina.

Rita lui coupe la parole.

— Et moi, tu crois vraiment que je m'étais projetée dans ce rôle quand j'ai eu Cali ? J'avais dix-huit ans *camarón*, je venais de perdre mon premier amour, et je ne savais plus qui j'étais… Tu apprendras au fur et à mesure, comme nous toutes ! En plus tu es riche de nos expériences, ça va aller tout seul…

La simple prononciation du prénom de Cali nous déchire. Le temps se suspend. Leonor détourne, enchaîne :

— Si c'est la réaction d'Escouto qui te tracasse, ne t'inquiète pas ! Il est fou de toi Cita, ça crève les yeux, et depuis des années ! Tu es bien la seule à ne pas l'avoir remarqué.

— Et la différence d'âge, Leonor, tu y penses ? Qu'est-ce qu'ils vont dire à Marseillette ? Ça va jaser à tire-larigot, ce sera invivable.

— Mais qu'est-ce que tu crois ? Au café tout le monde en parle depuis des lustres ! On se demande tous si l'un de vous va finir par se déclarer ! Absolument personne n'a jamais évoqué le problème de l'âge !

La Yaya, qui jusque-là ne participait pas à la conversation sans toutefois en perdre une miette, pense tout haut et déclame :

— « Leur amour irradiait tant que personne n'avait remarqué qu'elle était son aînée de dix ans… » J'ai déjà lu ça quelque part, moi.

Les filles restent perplexes. Puis elles se rapprochent de moi. Mes sœurs m'embrassent, m'entourent de leurs bras, l'une contre ma poitrine, l'autre collée à mon dos. Rita clôt la conversation :

— Tu sais qu'on sera là Carmencita, tu le sais, hein ? Quoi que tu décides, quoi qu'il se passe, nous serons là. Toujours.

Seul le ronronnement du frigo trouble le silence qui suit ces mots. Un ballet de larmes muettes de plus sur nos peaux hâlées.

— Eh oh, les bonnes fées, c'est le moment de dire que vous serez là aussi ! balance tout à coup Leonor à l'attention des deux autres.

La Yaya se lève d'un bond tandis que Madrina s'enfade :

— Non mais dis donc, ça fait presque quarante piges que je me coltine les sœurs Ruiz-Monpean, alors franchement, s'il faut le préciser, c'est que vous n'avez rien compris bande de cruches ! Bien sûr que je serai là !

Madrina et la Yaya nous prennent toutes les trois en sandwich, et cet agglutinement nous fait éclater de rire. Nerveux ou pas, il nous requinque, ce fou rire, et il me donne la force de partir voir Escouto.

J'ai pas mal d'avance quand j'arrive à l'hôpital. Devant la maternité, je croise le père d'une copine qui dirige le service de gynécologie obstétrique. Nous profitons de sa pause pour discuter un peu. Il est heureux de me revoir, et sincèrement navré pour Cali. Pour faire diversion, il disserte sur les récents progrès de la médecine.

— Ça n'a rien à voir, mais tant que je vous tiens, je me demandais ça, comme ça… Que pensez-vous des grossesses tardives, vous ? C'est dangereux pour le bébé ? Et pour la maman ?

— Qu'est-ce que tu entends par tardive ?

— Quarante-quatre ans…

Il baisse les yeux sur mon ventre.

— Oh ! Félicitations ! Mais non ce n'est pas dangereux ! Viens, j'ai un peu de temps devant moi, tu vas essayer notre nouvelle machine !

Ni une ni deux, me voilà sur la table du docteur, le ventre enduit d'un liquide censé permettre de voir à l'intérieur. Il se saisit d'un étrange appareil, et s'arrête :

— Prête ? Tu vas voir, c'est fou.

J'ai le vertige et le cœur prêt à se rompre.

— Attendez. Vous pouvez faire venir Escouto ?

— Escouto, l'infirmier du deuxième étage ?

— Oui.

Ses yeux s'écarquillent en même temps que son sourire s'élargit. Il bafouille :

— Mais... oui, d'accord, bien sûr, ne bouge pas, je vais le chercher.

— Ne lui dites pas que c'est moi qui le demande s'il vous plaît.

La voix du docteur rompt le fil de mes pensées.

— Entre Escouto, je t'en prie. Passe derrière le rideau.

J'ai l'impression de le voir pour la première fois de ma vie. Je le trouve beau. Imposant. Solide. Dans la sensualité et la puissance qu'il dégage, se décèle le sang gitan qui bout dans ses veines. Dans son sourire éclatant et dans les sublimes boucles noires qui chutent sur sa nuque aussi. Il n'a pas l'air surpris de me trouver là en pareille posture. Mais il resplendit en me découvrant. Il se rue sur moi et me couvre de baisers. Je me blottis dans ses bras. Les mots auraient été de trop cette fois. Le docteur nous rejoint et se munit de son appareil afin que nous rencontrions notre bébé. Son cœur bat la chamade mais le médecin nous rassure, le petit est au mieux de sa forme. C'est vrai que c'est fou. Tout ça d'ailleurs est complètement fou. Le destin a retrouvé ma trace. Plus qu'à le laisser m'emmener désormais, avec Escouto pour tenir la barre.

À la naissance, ma fille a la même bouille que toi quand tu es née, Cali. Le visage de mon père, de votre grand-père, est vraisemblablement le modèle qui a servi à dessiner les vôtres. Mon accouchement, lui, m'a rappelé celui de Rita, un bordel magnifique ! Tandis que je poussais, Rita, Leonor, Madrina et Meritxell jacassaient à m'en voler tout l'oxygène de la chambre.

La cuisine baigne dans la douce lumière d'une matinée automnale. Je regarde la jolie Alma dormir à poings fermés à côté de ma Sol qui semble en plein dialogue avec le marchand de sable. Je pense à Saint-Amaux. Au bocal toujours plein, resté à rouiller dans cette chambre depuis sa mort, comme si le vider signifiait accepter qu'il ne reviendrait pas. Il aura fallu attendre dix-sept ans pour que ce putain de pot me donne la plus grande joie qui ait jamais orné mon visage joufflu. Saint-Amaux, merci. Pour toi, et pour toi Cali, avec cet argent les filles et moi on ira voir du pays. Déambuler sur les traces de nos ancêtres pour nous rapprocher d'eux. De vous aussi.

Sol cesse de gigoter alors je vais en salle. Madrina répare le flipper pour la énième fois, Meritxell est au téléphone, Leonor et Rita plient ensemble des draps. La chape de plomb qui nous écrase depuis le départ de Cali s'allège au rythme des gazouillis de nos deux poupées. Il faut regarder devant pour elles, désormais. Nous laisser bercer par leurs rires et leurs progrès quand le manque nous terrassera. Moi, je continuerai à chercher l'origine de ma peine et de ma colère pour cesser d'empoisonner l'air de notre café-monde. Pour faire partir en fumée des milliers de regrets, et alléger le bagage que l'on cédera aux suivantes.

Table

Prologue 11

Cali 19
Antonio 37
La Yaya 73
Escouto 101
Violette 133
Rita 149

Épilogue 171

REMERCIEMENTS

Un immense merci aux trois bonnes fées qui se sont penchées sur mon berceau : Olivia, Véronique et Constance.

De la même autrice :

La Commode aux tiroirs de couleurs, JC Lattès, 2020 ;
Le Livre de Poche, 2021 ; JC Lattès / Grand Angle, 2021.

Le Livre de Poche s'engage pour l'environnement en réduisant l'empreinte carbone de ses livres. Celle de cet exemplaire est de : 200 g éq. CO₂
Rendez-vous sur
www.livredepoche-durable.fr

Composition réalisée par NORD COMPO

Achevé d'imprimer en mai 2023 en France par
MAURY IMPRIMEUR – 45330 Malesherbes
Dépôt légal 1ʳᵉ publication : mai 2023
N° d'impression : 269799
LIBRAIRIE GÉNÉRALE FRANÇAISE
21, rue du Montparnasse – 75298 Paris Cedex 06

82/1973/7